たったひとつの君との約束

～また、会えるよね？～

みずのまい・作
U35（うみこ）・絵

集英社みらい文庫

ずっと、ひかりがほしかった。
ずっと、ひかりを夢見《ゆめみ》てた。
あたたかいひかり。
まぶしいひかり。
まっすぐなひかり。
やさしいひかり。
ひとすじのひかり。
だって、私《わたし》には未来《みらい》なんてなかったから。
でも、あのとき、病室《びょうしつ》でかわした一年後《ねんご》の約束《やくそく》。

——君《きみ》が未来《みらい》をくれたんだよ。

目《もく》次《じ》&人《じん》物《ぶつ》紹《しょう》介《かい》

1章《しょう》　5年生《ねんせい》の夏《なつ》　出会《であ》い……8
2章《しょう》　5年生《ねんせい》の夏《なつ》　約束《やくそく》……16
3章《しょう》　5年生《ねんせい》の夏《なつ》　願《ねが》いをこめて……30
4章《しょう》　あれから一年《ねん》……43
5章《しょう》　再会《さいかい》を信《しん》じて……59
6章《しょう》　キセキ……69
7章《しょう》　覚《おぼ》えていますか?……77
8章《しょう》　君《きみ》の秘密《ひみつ》……85
9章《しょう》　手紙《てがみ》　ひかりへ……93

前田未来《まえだみらい》

小《しょう》5のとき、「膠原病《こうげんびょう》」という病気《びょうき》で入院《にゅういん》していた。そこで、ひかりと出会《であ》う。

鈴原静香《すずはらしずか》

未来《みらい》の親友《しんゆう》。おしゃべりで、服《ふく》は個性的《こせいてき》&おしゃれ。

10章《しょう》　手紙《てがみ》　未来《みらい》へ……100
11章《しょう》　うちあけ話《ばなし》……110
12章《しょう》　書《か》けない返事《へんじ》……117
13章《しょう》　約束《やくそく》のための約束《やくそく》……125
14章《しょう》　もう、会《あ》えないかもしれない……129
15章《しょう》　さいごの手紙《てがみ》……137
16章《しょう》　あきらめきれない気持《きも》ち……147
17章《しょう》　君《きみ》に、会《あ》いたい……156
18章《しょう》　そして、約束《やくそく》の日《ひ》……165
19章《しょう》　私《わたし》たちのはじまり……177
あとがき……184

明《あか》るくてまっすぐな性格《せいかく》。
サッカーが大好《だいす》き。

大木《おおき》ひかり

藤岡龍斗《ふじおかりゅうと》

クラスメイト。
未来《みらい》のことを
気《き》にかけている。

5年《ねん》生《せい》の夏《なつ》——。

私《わたし》は入院中《にゅういんちゅう》にひかりと出会《であ》った。

出会《であ》いは**最悪**《さいあく》。
だけど——。
……気《き》づいたら、ひかりの
明《あか》るさに惹《ひ》かれていた。

「また来年《らいねん》も会《あ》おう」
そう約束《やくそく》したのに、連絡先《れんらくさき》も
知《し》らないままに、はなればなれに……。

――そして、一年後《ねんご》のある日《ひ》。

まさか……
そんな……
ウソ……ううん、ウソじゃない！

君《きみ》、だれ？？

キセキ的《てき》に
ひかりと再会《さいかい》したけれど――!?

ひかり、どうして……？？

（続《つづ》きは本文《ほんぶん》を楽《たの》しんでね♡）

1章《しょう》

5年生《ねんせい》の夏《なつ》　出会《であ》い

太陽《たいよう》がまぶしくてカーテンを閉《し》めた。

「未来《みらい》ちゃんもすぐに退院《たいいん》できるよ」

となりのベッドでいっしょに入院《にゅういん》していた飛鳥《あすか》ちゃんが、水玉《みずたま》のワンピースに着《き》がえ、私《わたし》に笑《わら》いかける。

いきいきとした表情《ひょうじょう》。

ワンピースは退院祝《たいいんいわ》いにお母《かあ》さんが買《か》ってくれたらしい。

「そうだ。ここからも見《み》えるらしいよ、今夜《こんや》の花火《はなび》」

飛鳥《あすか》ちゃんは私《わたし》が閉《し》めたカーテンをシャッと音《おと》をたて開《あ》けてしまった。

「あっちのほうから見《み》えるって」

人差《ひとさ》し指《ゆび》で窓《まど》から高台《たかだい》のほうをさしている。

太陽《たいよう》もまぶしいけど、退院《たいいん》していく飛鳥《あすか》ちゃんはもっとまぶしかった。

「こら、飛鳥《あすか》。未来《みらい》ちゃんが閉《し》めたんだから」

飛鳥《あすか》ちゃんのお母《かあ》さんがカーテンを閉《し》めながら、私《わたし》に「ごめんね」と言《い》ってくれた。

「またね、未来《みらい》ちゃん」

「じゃあね、飛鳥《あすか》ちゃん」

飛鳥《あすか》ちゃんがお母《かあ》さんと出《で》ていくと、病室《びょうしつ》がしんと静《しず》まった。

せみの鳴《な》く声《こえ》だけが聞《き》こえる。

飛鳥《あすか》ちゃんは「またね」と言《い》ったけど、私《わたし》たちが出会《であ》うことはもうない。

だって、住所《じゅうしょ》も電話番号《でんわばんごう》も聞《き》かれなかったもん。

飛鳥《あすか》ちゃんとは一週間《いっしゅうかん》、この同《おな》じ部屋《へや》ですごした。

私《わたし》とはちがう、ぜん息《そく》って病気《びょうき》らしい。

一週間前《いっしゅうかんまえ》に会《あ》ったときはえらく顔色《かおいろ》が悪《わる》くげほげほしていたけど、あっというまに元気《げんき》になった。

もう少《すこ》ししたらプールにも行《い》っていいそうだ。

残《のこ》りの夏休《なつやす》み楽《たの》しめるんだ。うらやましい。

「はいはい、おやつの時間《じかん》ですよ」

配《はい》ぜん係《がかり》の大人《おとな》がおやつを持《も》ってきてくれた。

今日《きょう》はフルーツゼリー。

ベッドの上《うえ》にテーブルを用意《ようい》し、おてふきまでおいてくれる。

「これ、人気《にんき》なの。おいしいよ」

にこにこしているけど、きっとこの人《ひと》は決《き》められたことを手《て》ぎわよくやることしか考《かんが》えてない。

大人《おとな》っていつもそう。

子供《こども》がなにを考《かんが》えているかなんて、だれもいちいち考《かんが》えてくれない。

係《かかり》の人《ひと》が出《で》ていってから、一人《ひとり》でゼリーを食《た》べる。

ゼリーの味《あじ》がした。ただ、それだけ。

整理整頓《せいりせいとん》されたとなりのベッドを見《み》る。

飛鳥《あすか》ちゃんはあまり私《わたし》のこと好《す》きじゃないみたいだった。

廊下《ろうか》でお母《かあ》さんに「未来《みらい》ちゃんってなんか、とげとげしているんだよね」ってこぼしていたのを聞《き》いちゃったんだ。

とげとげ……。強《きょう》れつなたとえ。でも、私《わたし》はたしかにとげとげしている。

私《わたし》だって私《わたし》みたいな友《とも》だちいやだ。

一《ひと》つ下《した》の7階《かい》の自《じ》動《どう》販《はん》売《ばい》機《き》にジュースでも買《か》いに行《い》こうと、部屋《へや》を出《で》る。

階段《かいだん》をおりて7階《かい》の廊下《ろうか》を歩《ある》くと、笑《わら》い声《ごえ》が聞《き》こえてきた。

それは聞《き》いているだけで本当《ほんとう》に楽《たの》しそうな笑《わら》い声《ごえ》で、導《みちび》かれるように足《あし》が動《うご》いていった。

笑《わら》い声《ごえ》はある病室《びょうしつ》からだった。ドアの窓《まど》からのぞいてみる。

おばあちゃんが、4人《にん》寝《ね》ていて、みんな病気《びょうき》なのに楽《たの》しそう。

そして、部屋《へや》の真《ま》ん中《なか》には自分《じぶん》と同《おな》じくらいの年《とし》の男《おとこ》の子《こ》がいた。

一人《ひとり》でサッカーボールをあやつっている。

なんどもヘディング、次《つぎ》はなんどもリフティング。

そのたびに、おばあちゃんたちが拍手《はくしゅ》し、笑《わら》う。

一人《ひとり》ぼっちの私《わたし》の部屋《へや》とはぜんぜんちがった。

明《あか》るくて、楽《たの》しそうで。そうさせているのは、あの男《おとこ》の子《こ》。

そう思《おも》った瞬間《しゅんかん》。廊下《ろうか》の奥《おく》のほうにいた看護師《かんごし》さんに歩《あゆ》みよる。

「あの部屋《へや》、ルール違反《いはん》してませんか？」

看護師《かんごし》さんは走《はし》りだし、笑《わら》い声《ごえ》のする部屋《へや》のドアを開《あ》けた。

「こら、君《きみ》、なにしてるの！」

看護師《かんごし》さんのこわ〜い声《こえ》が聞《き》こえた。サッカー少年《しょうねん》は部屋《へや》から出《だ》され、おこられている。

リフティングしているときの自信満々《じしんまんまん》、得意《とくい》げな表情《ひょうじょう》はあっというまに消《き》え、うなだれていた。

私《わたし》は壁《かべ》によりかかり、おこられている男《おとこ》の子《こ》をながめていた。

病院《びょういん》でサッカーしていいわけないでしょ。おこられてあたりまえ。

でも……。ぎゅっとパジャマのズボンをにぎりしめた。

いつから、言《い》いつけるなんてせこいことするようになったんだろう。

飛鳥《あすか》ちゃんの言《い》うとおりだ。私《わたし》、とげとげしい。

サッカー少年《しょうねん》は看護師《かんごし》さんのお説教《せっきょう》が終《お》わったらしく、ボールをわきにかかえ、舌《した》うち

しながらこっちにやってくる。

壁《かべ》によりかかってる私《わたし》とふと目《め》が合《あ》った。

「私《わたし》が言《い》いつけたの」

「え？」

「看護師《かんごし》さんに、あの子《こ》、こらしめてって私《わたし》が言《い》ったの」

男《おとこ》の子《こ》は私《わたし》を見《み》る。そして、数秒後《すうびょうご》。はっきりと言《い》われた。

「いやなやつだな、おまえ」

男《おとこ》の子《こ》の視線《しせん》と言葉《ことば》が心《こころ》に音《おと》をたててつきささった。

だから、にらみつけて言《い》いかえしてやった。

「そうよ、いやなやつよ」

そう言《い》ったくせに、ほおに涙《なみだ》が流《なが》れていくのがわかった。

それでも、私《わたし》はがんばって男《おとこ》の子《こ》から視線《しせん》をはずさなかった。

「どっか痛《いた》いのか？」

男《おとこ》の子《こ》は急《きゅう》に私《わたし》を心配《しんぱい》しだしてくれたけど、私《わたし》は泣《な》きだしてしまった自分《じぶん》がはずかしくてたまらず、階段《かいだん》をのぼり、自分《じぶん》の病室《びょうしつ》にもどろうとした。

「おい！」

男《おとこ》の子《こ》が追《お》いかけてきて、私《わたし》の手《て》をにぎったので、ふりかえった。

「おれ、ひかり。5年生《ねんせい》。おまえは？」

「未来《みらい》……。みらいがないくせに未来《みらい》！　5年生《ねんせい》！」

きつい声《こえ》を出《だ》し、手《て》を思《おも》いきりふりはなすと、むこうは、「あわわ」とバランスをくずしていた。

知《し》ったこっちゃないと、走《はし》りだし、自分《じぶん》の病室《びょうしつ》にはいって、バタンとドアを閉《し》めた。

窓《まど》の外《そと》に見《み》える青《あお》い空《そら》がほんのり、赤《あか》くなりだしていた。

あいかわらずせみの声《こえ》が聞《き》こえる。

最悪《さいあく》の夏休《なつやす》み。

最悪《さいあく》の私《わたし》。

ひかり……っていうんだ、あの子《こ》。

2章《しょう》 5年生《ねんせい》の夏《なつ》 約束《やくそく》

夜《よる》になると、盆《ぼん》おどりのにぎわいが聞《き》こえてきた。
今夜《こんや》はお祭《まつ》り。花火《はなび》が上《あ》がるらしい。
そのせいで消灯時間《しょうとうじかん》はいつもより少《すこ》しだけおそくなる。
けど……。
一人《ひとり》ぼっちの病室《びょうしつ》で、花火見《はなびみ》て、なにか楽《たの》しいのかな。
だるいし、さっさと寝《ね》ようかな。さっき看護師《かんごし》さんが体温測定《たいおんそくてい》したら37度《ど》だった。
中途半端《ちゅうとはんぱ》な体温《たいおん》。すごい高熱《こうねつ》だったら、お母《かあ》さん、仕事《しごと》すっぽかして来《き》てくれるのに。
ベッドにもぐり、目《め》をつぶったときだった。
ひゅー。
花火《はなび》の上《あ》がる音《おと》が聞《き》こえた。あわてて、飛《と》び起《お》きる。

どかん！

飛鳥《あすか》ちゃんの言《い》っていた方向《ほうこう》。夜空《よぞら》という大《おお》きくて暗《くら》いキャンバスいっぱいにあざやかな大《おお》きな花《はな》が描《えが》かれ消《き》えていった。

きれい……。次《つぎ》も見《み》たい。

ベッドから起《お》き上《あ》がり、窓《まど》わくに手《て》をおく。

赤《あか》、白《しろ》、青《あお》、黄《き》、さまざまな花火《はなび》が次々《つぎつぎ》と色《いろ》あざやかに打《う》ち上《あ》げられては、散《ち》っていく。

そして、次《つぎ》も、またその次《つぎ》も。

光《ひか》り輝《かがや》く色《いろ》たちは打《う》ち上《あ》げられては消《き》えていった。

きれい。だけど……なんでこんなに悲《かな》しいんだろう。

こんこん。

だれかがドアをノックした。だれ？　看護師《かんごし》さん？　時間《じかん》早《はや》くない？

まさか、幽霊《ゆうれい》？

こわくて体《からだ》がかたまる。ドアがゆっくりと少《すこ》しだけ開《ひら》いた。

「こんばんは……おれだけど」

昼間《ひるま》のサッカー少年《しょうねん》だった。おどろいて言葉《ことば》が出《で》ない。

「なに？」

「あのう、昼間《ひるま》のことをあやまろうかと思《おも》って」

ひかりって子《こ》は頭《あたま》をかきながらゆっくりと部屋《へや》にはいってきた。

「この時間《じかん》は、来《き》ちゃいけないんじゃないの？」

「お祭《まつ》りの日《ひ》は、けっこうルーズなんだよ」

へへと笑《わら》っていた。

「これ、差《さ》しいれ」

コンビニの袋《ふくろ》をわたしてくれた。中《なか》には、アイスバーがはいっている。

「よかったら、食《た》べてよ」

私《わたし》はふっと笑《わら》い「いらない」とアイスバーを彼《かれ》にかえした。

「え……。あ！　とけてるじゃねえか、これ」

「……私《わたし》の人生《じんせい》、そんなもん」

「どういう意味《いみ》？」

「そのアイスバーと同《おな》じ。アイスバーが目《め》の前《まえ》にあります。おいしそう！　なのに、よくよく見《み》たらとけていて食《た》べられませんでした。そんなことのくりかえし」

ひかり君《くん》が私《わたし》の相手《あいて》にとまどっていると、花火《はなび》が上《あ》がる音《おと》が聞《き》こえた。

ばかだな、私《わたし》。こんなんだから、飛鳥《あすか》ちゃんにもきらわれるんだ。

とけちゃってるけどありがとうって言《い》えばいいのに。わかってるのに。

「ここからでも、そこそこは見《み》えるんだな」

ひかり君《くん》は飛鳥《あすか》ちゃんの使《つか》っていたベッドに腰《こし》をおろした。

「昼間《ひるま》は悪《わる》かったな。ひどいこと言《い》って」

ひどい？　私《わたし》のほうがずっとひどかったような気《き》がするんだけど。

「おれさ、5年《ねん》チームのキャプテンになれなかったんだよ」

唐突《とうとつ》になんの話《はなし》？

でも、こっちのとまどいはおかまいなしに話《はな》し続《つづ》けてきた。

「自分《じぶん》で言《い》うのもなんだけど、おれが5年生《ねんせい》の中《なか》では一番《いちばん》うまいんだ。だからキャプテンはおれだろうなって」

「いきなり、自慢《じまん》？」

「ちがうよ、話《はなし》、さいごまで聞《き》けよ。で、監督《かんとく》に、なんでおれじゃないんですかって聞いたら、おまえは、一《ひと》つのことしか見《み》てない、いろんなことが見《み》れてないって」

「むずかしいこと言《い》われるんだね」

「だろ？　でも、昼間《ひるま》のことでちょっと意味《いみ》わかったんだ」

ひかり君《くん》が私《わたし》から一瞬《いっしゅん》だけ視線《しせん》をはずした。

「ばあちゃん、入院《にゅういん》しているんだけど、退屈《たいくつ》そうでさ。そうだ、おれのサッカーでばあちゃんや同《おな》じ病室《びょうしつ》の人《ひと》たちを喜《よろこ》ばそうと思《おも》ったんだ。けど、おまえに言《い》いつけられて、頭《あたま》きた。せっかくのおれのプランを、こいつって。でもさ、よくよく考《かんが》えたらおまえのほうが正《ただ》しいんだよ。だって、ここ病院《びょういん》なんだ。それで、はっとしたんだよ。おれ、なんていうの、配慮《はいりょ》っていうのか。そういうのがないからキャプテンに選《えら》ばれなかったんじゃないかって。おまえに言《い》いつけられて、監督《かんとく》に言《い》われたこと、ちょっとわかってさ」

ひかり君《くん》は、一生懸命《いっしょうけんめい》にしゃべり続《つづ》けていた。

あんまり一生懸命《いっしょうけんめい》なので、いきなり、人《ひと》の部屋《へや》にはいってきてこの子《こ》なに？　って気持《きも》ちも消《き》えてしまった。

そして、さいごに、頭《あたま》をかくと、こう言《い》った。

「おれ、おまえにいいこと教《おそ》わったっていうかさ。あ！　そうか、おれ、あやまりに来《き》たんじゃなくて、おまえにお礼言《れいい》いに来《き》たんだ。ありがとう！」

ひゅー。どっか～ん。

花火《はなび》が上《あ》がると、腰《こし》かけているひかり君《くん》の顔《かお》に、色《いろ》とりどりの影《かげ》がうつった。

その目《め》はまっすぐで素直《すなお》で、なんのかげりもなかった。

そして、いきなり、ありがとうって……。

なに、これ？

「別《べつ》に、そんなつもりじゃ」

私《わたし》はひかり君《くん》に背《せ》をむけ、いかにもあなたのことなんかどうでもいいです、私《わたし》は花火《はなび》に夢中《むちゅう》なんですというポーズをとった。

心《こころ》の中《なか》はとまどいでぐちゃぐちゃなくせに。

「未来《みらい》はさあ、どこが悪《わる》いの？」

「呼《よ》び捨《す》てにしないで」

「ごめん……。未来《みらい》ちゃんはどこが悪《わる》いんだ？」

「ちゃんづけ気持《きも》ち悪《わる》ぃ」

「面倒《めんどう》くせえな、どっちだよ」

ぷっ。気《き》づいたら軽《かる》くふきだしていた。すると、ひかり君《くん》もふきだす。

くるりと花火《はなび》に背《せ》をむけ、ひかり君《くん》を見《み》ると、私《わたし》たちは笑《わら》い合《あ》った。

久《ひさ》しぶりな気《き》がする。

こういうくだらない、ごくふつうのばかみたいなやりとり。

そして、笑《わら》うんじゃなくて笑《わら》い合《あ》うってことが。

「めんえき」

「なんだ、それ？」

「免疫《めんえき》っていう自分《じぶん》を守《まも》るものが自分《じぶん》を攻撃《こうげき》しだすの。膠原病《こうげんびょう》っていうんだって」

「こうげん？　すがすがしそうな病気《びょうき》だな」

「そっちの高原《こうげん》じゃないよ。むずかしくて子供《こども》じゃ書《か》けない漢字《かんじ》なんだ」

「つらいのか？」

ひかり君《くん》は急《きゅう》に心配《しんぱい》そうに聞《き》いてきた。

「とつぜん、関節痛《かんせついた》くなったり、熱出《ねつで》たり。でも、とつぜん、よくなったりもして。つらいっていうより、さっきのひかり君《くん》の言葉《ことば》じゃないけど面倒《めんどう》くさい」

「治《なお》るんだろ？」

「よくわかんない。だって、なんの病気《びょうき》か今日《きょう》の朝《あさ》、わかったんだもん」

「今日《きょう》!?」

「うん。3年生《ねんせい》のころから、急《きゅう》に熱《ねつ》っぽくなったり、だるかったりするときがあって。病院《びょういん》行《い》っても、どこも悪《わる》くないって言《い》われて。結局《けっきょく》、体《からだ》が弱《よわ》いんだってことでかたづけられて。ピアノ、習《なら》っていたんだけど、時々《ときどき》、終《お》わったあと、手首《てくび》とか痛《いた》くなって合《あ》わないんじゃないかって、やめさせられちゃった。でも、他《ほか》の子《こ》は続《つづ》けてるのに、おかしいじゃん。不公平《ふこうへい》じゃん」

「たしかに、他《ほか》のやつらがふつうにやってることを自分《じぶん》だけできないってのは、おもしろくねえな」

「そう！　おもしろくないし悔《くや》しい！　春《はる》の遠足《えんそく》だって、楽《たの》しみにしていたのに、前《まえ》の日《ひ》の夜《よる》に、関節《かんせつ》が痛《いた》くなって行《い》けなかった。だんだん、自分《じぶん》は他《ほか》の子《こ》とちがうんじゃない？ってあせったり不安《ふあん》になったりしてさ。これじゃ、性格悪《せいかくわる》くなるよ！　とげとげするよ！」

するとひかり君《くん》はおなかをかかえて笑《わら》いだした。

「そりゃ、そうだ！」

ひかり君《くん》が笑《わら》いながら自分《じぶん》の話《はなし》を聞《き》いてくれるのがすごくうれしかった。

だから、どんどん話《はな》してしまう。

「急《きゅう》にお母《かあ》さんが、夏休《なつやす》みだし、入院《にゅういん》してあちこち検査《けんさ》しようって言《い》いだしたの。この病院《びょういん》は設備《せつび》も整《ととの》っていて見晴《みは》らしもいいからって。それで、今日《きょう》、やっと病名《びょうめい》がわかったんだ。でも、お母《かあ》さん、仕事《しごと》ですぐに帰《かえ》っちゃって。うち、お父《とう》さんがいないんだ。小《ちい》さいときに死《し》んじゃって。お母《かあ》さん、お父《とう》さんのぶんも働《はたら》かなきゃいけないし、お父《とう》さん死《し》んで、どうしようもならないぐらいこわいことってとつぜん来《く》るって思《おも》いこんでいて。私《わたし》は小《ちい》さくてお父《とう》さんのことぜんぜん覚《おぼ》えてなくて」

ひかり君《くん》は私《わたし》の顔《かお》をまじまじと見《み》る。

「だから、みらいはないのに未来《みらい》か……」

はっとした。

なに、一人《ひとり》でべらべらしゃべってるんだろう。

こういう暗《くら》い話《はなし》はまわりにしてもみんな対応《たいおう》に困《こま》るから、絶対《ぜったい》にだれにもしゃべらないようにしていたのに。

昼間《ひるま》会《あ》ったばかりの子《こ》なのに。

しかも、自分《じぶん》が言《い》いつけた子《こ》なのに。そして、男《おとこ》の子《こ》なのに。

急《きゅう》にはずかしくなり、どうふるまっていいかわからなくなってきて下《した》をむいた。

花火《はなび》の音《おと》だけが聞《き》こえてくる。

「大変《たいへん》だったな」

顔《かお》を上《あ》げる。ひかり君《くん》はすごく真面目《まじめ》な顔《かお》だった。

「おまえ、きっと大変《たいへん》だったんだよ。だから、昼間《ひるま》、急《きゅう》に泣《な》きだしたんだよ」

それは、すごく単純《たんじゅん》であたりまえの言葉《ことば》。

なのに、どうして、こんなにも私《わたし》の心《こころ》にひびくの？

なんで、会《あ》ったばかりの男《おとこ》の子《こ》に、自分《じぶん》でもわからなかったぐちゃぐちゃな部分《ぶぶん》を、こんなにもすこーんって言《い》い当《あ》てられちゃうの？　おかしいよ！

でも……あたたかい。心《こころ》のうんと奥《おく》に小《ちい》さなあたたかいものが生《う》まれたみたい。

「そうだ！　忘《わす》れてた！」

ひかり君《くん》はポケットからなにかを取《と》りだしわたしてくれた。

「これはとけてないからさ」

「おみくじ？　……未来《みらい》って？」

「名前《なまえ》でひくおみくじ。お祭《まつ》りで売《う》ってた。ここには未来《みらい》の未来《みらい》が書《か》いてある。あれ、ややこしいな、まあ、おまえの未来《みらい》ってことだ」

私《わたし》の未来《みらい》……。どきどきしながら、開《あ》けてみた。

口《くち》に出《だ》して読《よ》んでみる。

「未来《みらい》……。想《おも》いが叶《かな》う名前《なまえ》」

「お、いい名前《なまえ》じゃん！」

想《おも》いが叶《かな》う名前《なまえ》……。おみくじを胸《むね》の前《まえ》でにぎる。

未来

「お、三連発《れんぱつ》！　もうさいごかな」

夜空《よぞら》に大《おお》きな花《はな》が三回連続《かいれんぞく》で打《う》ち上《あ》げられた。

静《しず》まったあとに歓声《かんせい》と拍手《はくしゅ》が聞《き》こえてくる。

「ひかり君《くん》は毎年《まいとし》見《み》てるの？」

「いや、二回目《かいめ》かな。あ、おれ、このあたりに住《す》んでるんじゃないから。今《いま》、ばあちゃんの家《いえ》に泊《と》まってるだけ」

「そうなんだ」

「へえ」

「一年後《ねんご》は何周年記念《なんしゅうねんきねん》とかで、すごい花火打《はなびう》ち上《あ》がるんだって」

「そうだ、いっしょに見《み》ようぜ」

ひかり君《くん》と目《め》が合《あ》うと、心臓《しんぞう》がどくんと鳴《な》った。

「もっと近《ちか》くのほうがきれいだから。いい木《き》があるんだよ」

「木《き》に登《のぼ》るの？　私《わたし》も？」

「登《のぼ》れるさ。おれがいるし」

おれがいるし。胸《むね》にすっとしみわたる。

まるで魔法《まほう》の言葉《ことば》みたい。

「一年後《ねんご》っておたがい6年生《ねんせい》だし！　おもしろそうだ、会《あ》おうぜ」

いきなりの申《もう》し出《で》におどろきながらも小《ちい》さくうなずいてしまった。

小指《こゆび》を彼《かれ》に差《さ》しだす。ひかり君《くん》も小指《こゆび》を出《だ》す。

ゆびきり。

「よし、決《き》まり」

そのときのひかり君《くん》の顔《かお》は花火《はなび》よりずっときれいで、夜《よる》なのに朝日《あさひ》みたいに輝《かがや》いていた。

3章《しょう》

5年生《ねんせい》の夏《なつ》　願《ねが》いをこめて

それから、ひかり君《くん》は三日間《みっかかん》連続《れんぞく》で、病室《びょうしつ》に遊《あそ》びに来《き》てくれた。

おばあちゃんのおみまいのあとに来《き》てくれることもあれば、まえに来《き》てくれることもあった。

ひかり君《くん》が来《き》てくれると、しんみりした病室《びょうしつ》もぱっと明《あか》るくなり、最悪《さいあく》の夏休《なつやす》みが急《きゅう》に最高《さいこう》の夏休《なつやす》みになった。

ひかり君《くん》の話《はなし》はサッカーがほとんどだった。

私《わたし》はサッカーのことはあまりよく知《し》らないけど、ひかり君《くん》がていねいに説明《せつめい》してくれたのでおもしろかった。

でも、それよりなにより、サッカーのことを一生懸命《いっしょうけんめい》、話《はな》しているひかり君《くん》の顔《かお》が大好《だいす》きだった。

サッカーの話《はなし》をしているひかり君《くん》はきらきらしていて、それを見《み》ているだけで、今《いま》までかかえていた不安《ふあん》とか、あせりとか、いらだちとかがびゅんびゅん、風《かぜ》に吹《ふ》かれて飛《と》んでいってしまう。

話《はなし》の最中《さいちゅう》に、ひかり君《くん》が住《す》んでいる家《いえ》は私《わたし》の家《いえ》とは電車《でんしゃ》で30分《ぷん》ぐらいということがわかったときは、ちょっと複雑《ふくざつ》だった。

北海道《ほっかいどう》と沖縄《おきなわ》ぐらい絶望的《ぜつぼうてき》に遠《とお》いってわけじゃないけど、できれば、もうちょっと、近《ちか》く、学区《がっく》が、となりどうしぐらいがよかったなって。

けど、そんなことを残念《ざんねん》がったり動揺《どうよう》したりすることすらも楽《たの》しくてたまらなかった。

だって、私《わたし》、ずっと、自分《じぶん》はふつうの子《こ》とちがうんじゃないかとか、正体不明《しょうたいふめい》のすごいこわい病気《びょうき》を持《も》っているんじゃないかとか、そんなことばかり考《かんが》えていたから。

とにかく、この数日間《すうじつかん》、私《わたし》の心《こころ》にはつねに色《いろ》あざやかに花火《はなび》が打《う》ち上《あ》がりっぱなしなのです！

三日連続《みっかれんぞく》でひかり君《くん》が来《き》てくれて、彼《かれ》が帰《かえ》ったあと、いれちがいに、お母《かあ》さんがやってきた。

お母《かあ》さんとは花火《はなび》の日《ひ》の朝以来《あさいらい》、会《あ》っていなくて、私《わたし》を見《み》るなり、きょとんとした。

「顔《かお》がいきいきしているわね」

本当《ほんとう》はお母《かあ》さんにこう言《い》いたかった。

ひかり君《くん》から元気《げんき》パワーもらったの。花火《はなび》の夜《よる》に、未来《みらい》をもらったの。

そう、私《わたし》の名前《なまえ》、未来《みらい》は想《おも》いが叶《かな》う名前《なまえ》なのって！

でも、言《い》わない。

だれかに言《い》いたくてたまらない。けど、だれにも言《い》いたくない。

すごくへんな気持《きも》ち。へんだけど、ずっとこの気持《きも》ちを味《あじ》わっていたい。

お母《かあ》さんは、私《わたし》のベッドに腰《こし》をおろし、髪《かみ》をなでてくれた。

「よかったね、退院決《たいいんき》まったよ」

お母《かあ》さんがほっとしたようににっこり笑《わら》う。

え……。

「どうしたの？　うれしくないの」

「いつ？」

「あさって」

あさってと言《い》ったお母《かあ》さんの声《こえ》はとてもほがらかだった。

そりゃ、退院《たいいん》はうれしい。けど、ひかり君《くん》とはもう会《あ》えない？

ううん、一年後《ねんご》の花火《はなび》がある！

「お母《かあ》さん、お裁縫箱《さいほうばこ》、持《も》ってきてくれた？」

「退屈《たいくつ》だから持《も》ってきてって言《い》われて、一応《いちおう》、ここにはいってるけど、もう退院《たいいん》よ？」

お母《かあ》さんは床《ゆか》においてあるトートバッグを手《て》でたたく。

「出《だ》して、今《いま》、すぐ！」

お母《かあ》さんは「なにをあわてているの？」と不思議《ふしぎ》そうな顔《かお》をしていた。


夜《よる》。

せみの声《こえ》がしないと思《おも》ったら、もう11時《じ》。

巡回《じゅんかい》の看護師《かんごし》さんの足音《あしおと》が聞《き》こえてきた。私《わたし》はお裁縫箱《さいほうばこ》やら、フェルトやらをベッドにかくし、寝《ね》たふりをした。

ドアの開《あ》く音《おと》。そして閉《し》まった音《おと》。

足音《あしおと》が聞《き》こえなくなると、もう一度《いちど》、体《からだ》を起《お》こし、作業《さぎょう》を再開《さいかい》した。

ひかり君《くん》からもらったおみくじ。

今《いま》まで生《い》きてきて一番《いちばん》うれしかったプレゼント。

だから、私《わたし》も、ひかり君《くん》になにかわたしたい。お別《わか》れの退院《たいいん》の日《ひ》までに。ううん、お別《わか》れじゃない。約束《やくそく》の、もう一度会《いちどあ》う、一年後《ねんご》のために。

なんとか、でき上《あ》がったときには、日付《ひづけ》がかわっていた。

さいごにもうひと工夫《くふう》したいんだけど、それは、明日《あした》でいいか。

横《よこ》になって目《め》を閉《と》じると、私《わたし》は夢《ゆめ》を見《み》た。

花火《はなび》が上《あ》がる音《おと》。

そして木《き》があって、ひかり君《くん》がはじめに登《のぼ》り、枝《えだ》の上《うえ》に腰《こし》かけると「ほら」とやさしい笑顔《えがお》で手《て》をのばしてくれた。私《わたし》も自然《しぜん》に笑《わら》う。

ひかり君《くん》の手《て》をにぎり、少《すこ》しずつ、木《き》を登《のぼ》りだした。

ガクン！

足《あし》がすべって、地面《じめん》に落《お》ちてしまった。そんな！

がばりと起《お》き上《あ》がると、朝日《あさひ》がカーテンのすきまからわずかにはいりこんでいる。

朝《あさ》か……。いやな夢《ゆめ》。

朝食《ちょうしょく》の係《かかり》の人《ひと》が来《く》るまえに、私《わたし》はさいごの仕上《しあ》げに取《と》りかかろうと、メモとペンを取《と》りだした。

一年後《ねんご》の未来《みらい》にむけてペンをにぎる。

カーテンのすきまからはいりこむ、ひとすじの朝日《あさひ》が私《わたし》に勇気《ゆうき》をあたえてくれた。

書《か》き終《お》えるとメモを折《お》りたたみ、ひかり君《くん》にわたすものの中《なか》に祈《いの》りをこめていれた。

コンコン。

と、ドアの音《おと》がした。

「おはよう。起《お》きてるか？」

ドアがわずかに開《あ》き、ひかり君《くん》が顔《かお》をのぞかせた。

「え！　早《はや》くない？」

ひかり君《くん》のとつぜんの登場《とうじょう》におどろき、作《つく》ったものを背中《せなか》にかくす。

「母《かあ》さんが、ばあちゃんの朝飯《あさめし》のまえにフレッシュジュース持《も》っていけって。おまえのぶんもあるんだ」

ひかり君《くん》は部屋《へや》にはいってきて、カーテンを開《あ》けてくれた。

あふれるような日差《ひざ》しが病室《びょうしつ》をつつむ。

「ひえひえだぞ」

冷《つめ》たいおしぼりでつつまれたペットボトルをわたしてくれた。

ふたを開《あ》けて飲《の》むと、いろんな果物《くだもの》の味《あじ》がした。

「おいしい」

「だろ？」

「ひかり君《くん》のは？」

「おれは、もう飲《の》んだ」

「でも、少《すこ》し、飲《の》みなよ」

ペットボトルをわたすとひかり君《くん》は一口《ひとくち》飲《の》んだ。

一口《ひとくち》は二口《ふたくち》になり、二口《ふたくち》は三口《みくち》になり……。

「しまった！　おまえに持《も》ってきたのに、うまいからけっこう飲《の》んじゃった」

私《わたし》はそんなひかり君《くん》がおかしくてたまらなく、おなかをかかえて笑《わら》うと、ひかり君《くん》も朝《あさ》日《ひ》を浴《あ》びながらてれくさそうに笑《わら》った。

朝日《あさひ》を浴《あ》びて笑《わら》っているひかり君《くん》は、まるで、一枚《まい》の写真《しゃしん》みたいで、その写真《しゃしん》はきっと、私《わたし》の頭《あたま》の中《なか》のアルバムにずっと、ずっと永久保存《えいきゅうほぞん》されるんだろうな。

だから、さらりと言《い》えてしまった。

「退院決《たいいんき》まったの」

ひかり君《くん》が一瞬《いっしゅん》、真顔《まがお》になった。

「いつ？」

「明日《あした》。10時《じ》にお母《かあ》さんがむかえに来《き》て11時《じ》に出発《しゅっぱつ》」

あふれるような朝日《あさひ》の中《なか》、私《わたし》たちは数秒間《すうびょうかん》見《み》つめ合《あ》う。不思議《ふしぎ》だった。

ひかり君《くん》のことだから「よかったなあ」ってはしゃぐように喜《よろこ》んでくれると思《おも》ったのに。

ひょっとしたら、私《わたし》と同《おな》じで、退院《たいいん》という言葉《ことば》を聞《き》いた瞬間《しゅんかん》、「じゃあ、もう会《あ》えない？」

って思《おも》ってくれたのかもしれない。だとしたら、うれしい。

「そうか、やったな」

ひかり君《くん》はやっと喜《よろこ》んでくれた。でも、気《き》のせいか、少《すこ》しおおげさに喜《よろこ》んでいる気《き》がした。

「これ」

「え？」

私《わたし》はひと晩《ばん》でがんばって作《つく》ったものをひかり君《くん》に差《さ》しだした。

本当《ほんとう》は明日《あした》、お別《わか》れのときにわたそうと思《おも》っていたのだけど、気《き》のせいかもしれないけど、わざとらしく喜《よろこ》んでくれているひかり君《くん》を見《み》ていたら、今《いま》、わたしたくなってしまったんだ。

「ひょっとして、お守《まも》り？」

「うん」

手作《てづく》りのお守《まも》りなんてうまくいくかなとひやひやしたけど、案外《あんがい》、それなりの形《かたち》になってくれた。

メインの布《ぬの》は青空《あおぞら》、スカイブルーの色《いろ》。

それを袋状《ふくろじょう》にして、表《おもて》がわの真《ま》ん中《なか》には白《しろ》と黒《くろ》のフェルトで作《つく》ったサッカーボールを縫《ぬ》ってみた。

ひもはひかり君《くん》の名前《なまえ》をイメージして黄色《きいろ》のひも。というか、たまたま、黄色《きいろ》のひもがあったんだけど。

短《みじか》い時間《じかん》の中《なか》、あり合《あ》わせのもので作《つく》ったにしては、けっこう、うまくいった！　神様《かみさま》が味方《みかた》してくれた！　っていう気《き》が、自分《じぶん》ではしているんだけど……。

おそるおそるひかり君《くん》の顔《かお》をのぞく。

「すげえな」

ひかり君《くん》は手《て》に取《と》って、うらまで見《み》ていた。

「あのね……。６年生《ねんせい》になったら、中《なか》、開《あ》けて」

「中《なか》にしかけがあるんだ！」

ひかり君《くん》はわくわくしながら、今《いま》、この場《ば》で開《あ》けようとした。

「だ、だめ！　６年生《ねんせい》になったら」

「どうして？」

「そのほうがいいの！」

私《わたし》がむきになって言《い》うと、ひかり君《くん》は「じゃあ、そうするけど」って、残念《ざんねん》そうに納得《なっとく》してくれた。

「これ、ありがとう。明日《あした》、必《かなら》ず、見送《みおく》りに来《く》る」

「うん」

お守《まも》りを受《う》け取《と》ってくれたこと、ひかり君《くん》の見送《みおく》りに来《く》るっていう力強《ちからづよ》い声《こえ》。確信《かくしん》した。

これはお別《わか》れじゃない。また会《あ》うために、ちょっとだけ、時間《じかん》をおくってだけなんだ。

なのに、翌日《よくじつ》……。

これはお別《わか》れじゃないって信《しん》じこんでいる私《わたし》に、神様《かみさま》はとんでもないいじわるをしてくれた。

お守《まも》りを作《つく》るときは、あんなに応援《おうえん》してくれたのに。

11時《じ》になっても、ひかり君《くん》は来《こ》なかった。

私《わたし》は、ひかり君《くん》のおばあちゃんの病室《びょうしつ》に行《い》ってみた。今日《きょう》はまだ来《き》てないって言《い》ってた。

がんばって、「トイレ」とか、「服《ふく》が気《き》にいらない」とか子供《こども》っぽいわざとらしいわがまままをお母《かあ》さんに無理《むり》やり連発《れんぱつ》して、出発《しゅっぱつ》を遅《おく》らせてみたものの、お母《かあ》さんは私《わたし》を車《くるま》に乗《の》せてしまった。

看護師《かんごし》さんが手《て》をふってくれるなか、私《わたし》の気持《きも》ちなんておかまいなしに車《くるま》は発車《はっしゃ》し、病院《びょういん》を出《で》て私《わたし》が住《す》んでいるところより、うんと人《ひと》の少《すく》ない町中《まちなか》を走《はし》りだした。

さいごに、運転《うんてん》しているお母《かあ》さんに「この車《くるま》、調子悪《ちょうしわる》そうじゃない？」とめちゃくちゃなことを言《い》ってみたけど、お母《かあ》さんは、

「整備《せいび》したばかりよ。未来《みらい》、入院《にゅういん》している間《あいだ》にわがままになった？　でも、子供《こども》らしくていいか」

と笑《わら》っていた。

「あら、救急車《きゅうきゅうしゃ》、止《と》まってる。事故《じこ》かしら。薬《くすり》さえ飲《の》んでいれば、未来《みらい》も残《のこ》りの夏休《なつやす》み、あちこち、出《で》かけられるんだから、車《くるま》には気《き》をつけてね」

お母《かあ》さんは一人《ひとり》でべらべらしゃべっていたけど、どうしてひかり君《くん》は来《き》てくれなかったんだろうと、そのことばかり気《き》になって返事《へんじ》もしなかった。

あ、ひょっとしたら、ひかり君《くん》、このあたりを『寝坊《ねぼう》した〜遅刻《ちこく》した〜』って走《はし》ってる

かもしれない！

そう思《おも》って窓《まど》からひかり君《くん》をさがしてみたけど、そんなすばらしい偶然《ぐうぜん》は起《お》きてくれない。

病院《びょういん》のある町《まち》をはなれ、高速道路《こうそくどうろ》にはいったとき、覚悟《かくご》ができた。

今日《きょう》は、ううん、きっと当分《とうぶん》はひかり君《くん》と会《あ》えない。

泣《な》きそうになったけど、泣《な》かなかった。

だって、私《わたし》にはおみくじがあるし、一年《ねん》後《ご》の約束《やくそく》がある。

「お母《かあ》さん、私《わたし》にいい名前《なまえ》つけてくれてありがとうね」

「どうしたの、急《きゅう》に？」

お母《かあ》さんはおどろいていたけど、とてもうれしそうだった。

想《おも》いが叶《かな》う名前《なまえ》、未来《みらい》。

そうだ、私《わたし》には未来《みらい》がある。

高速道路《こうそくどうろ》から見《み》える空《そら》はとても青《あお》くて、真《ま》っ白《しろ》くて大《おお》きな入道雲《にゅうどうぐも》がすべてをつつみこんでくれるみたいに見《み》えた。

4章《しょう》　あれから一年《ねん》

つんつん。

背中《せなか》をシャープペンでつつかれる。

静香《しずか》！　今《いま》、そういう時間《じかん》じゃないでしょ。

私《わたし》はうしろに座《すわ》っている静香《しずか》を無視《むし》した。

「みんな、今日《きょう》から6年生《ねんせい》だ。わかるか？　この学校《がっこう》で一番年上《いちばんとしうえ》だ。今年《ことし》は、運動会《うんどうかい》も学芸会《がくげいかい》も下級生《かきゅうせい》の面倒《めんどう》を見《み》ることになる」

担任《たんにん》の若林先生《わかばやしせんせい》が私《わたし》たちの気《き》をひきしめようといつもより熱《あつ》く語《かた》っているので、自然《しぜん》に背中《せなか》に力《ちから》がはいった。

4階《かい》の窓《まど》からは、校門《こうもん》の桜《さくら》がよく見《み》える。

ひかり、今日《きょう》から6年生《ねんせい》だね。

約束《やくそく》を覚《おぼ》えている？　私《わたし》、忘《わす》れた日《ひ》、一日《にち》もない。

おみくじはペンケースにいれていつも持《も》ち歩《ある》いている。

ねえ、今日《きょう》、あのお守《まも》りを開《あ》けてくれた？

それとも、家《いえ》に帰《かえ》ってから、開《あ》けてくれる？

開《あ》けないでほしい。でも、開《あ》けてほしい。お願《ねが》い、絶対《ぜったい》に、開《あ》けて。

心《こころ》が甘《あま》く強《つよ》くはじける。

そんな想《おも》いのなか。またもや、つんつんと、シャープペンで背中《せなか》をつつかれた。

「未来《みらい》、大事件《だいじけん》！」

うしろから静香《しずか》が話《はな》しかけてきた。

もう！　だれにも邪魔《じゃま》されたくないことを考《かんが》えているのに。

「大事件《だいじけん》ってなに」

顔《かお》は正面《しょうめん》をむいたまま、小《ちい》さな声《こえ》を出《だ》した。

「春休《はるやす》みの宿題《しゅくだい》！　ドリルぜんぜんやってない。提出明日《ていしゅつあした》だからさ、今日《きょう》、見《み》せてよ」

静香《しずか》が、ひそひそ声《ごえ》で無理難題《むりなんだい》をぶつけてきた。

どこが大事件《だいじけん》よ！

「おい、鈴原静香《すずはらしずか》！　前田未来《まえだみらい》！　うるさいぞ！　6年生《ねんせい》の自覚《じかく》を持《も》てって言《い》ったばかりだろ」

先生《せんせい》に注意《ちゅうい》され、みんなにどっと笑《わら》われた。もう、静香《しずか》のせいだからね。

すると、一人《ひとり》の男子《だんし》が言《い》った。

「先生《せんせい》。前田未来《まえだみらい》はすんご〜く真面目《まじめ》に先生《せんせい》の話《はなし》聞《き》いてましたよ。静香《しずか》がうしろからちょっかい出《だ》してきただけです。そこはわかってあげないと」

藤岡龍斗《ふじおかりゅうと》だった。

一瞬《いっしゅん》、目《め》が合《あ》ったけどすぐに視線《しせん》をそらす。

流行《りゅうこう》に敏感《びんかん》で、いつも、髪形《かみがた》や服《ふく》に気《き》を使《つか》っている。おまけにおしゃべり上手《じょうず》なものだから、女子《じょし》に人気《にんき》なんだけど、私《わたし》は苦手《にがて》。

いつも、人《ひと》のこと、見《み》てにやにやしていて。

きっと、私《わたし》みたいなかたいタイプの子《こ》をおもしろがっているんだと思《おも》う。かばってくれたのはありがたいけど、素直《すなお》に感謝《かんしゃ》できないな。

先生《せんせい》が、龍斗《りゅうと》の発言《はつげん》に困《こま》っていると、静香《しずか》は立《た》ち上《あ》がり、

「先生《せんせい》、6年生《ねんせい》になったからこそ落《お》ちつかないんです！　春《はる》は、桜《さくら》は、乙女《おとめ》を落《お》ちつかなくさせるのです！」

と、漫才師《まんざいし》のようにおおげさにしゃべりだした。

「乙女《おとめ》だって、おとめ〜」

とみんなはさらに笑《わら》い、先生《せんせい》もまったくとあきれていた。


今日《きょう》は始業式《しぎょうしき》だったから、午前中《ごぜんちゅう》で学校《がっこう》は終了《しゅうりょう》。

桜《さくら》がまい散《ち》る校門《こうもん》を抜《ぬ》けると、静香《しずか》が「待《ま》って〜」と追《お》ってきた。

「未来《みらい》、歩《ある》くのはやいよ〜！」

「静香《しずか》、名前《なまえ》がし・ず・か、なんだから、もう少《すこ》し静《しず》かにしたら」

「もう、それやめて。いろんな人《ひと》に言《い》われてうんざりしているから。未来《みらい》だって、みらいがないのに未来《みらい》っていじけてたときがあるってまえに話《はな》してくれたじゃん！」

「ああ、そんなときあったかな？」

「なに、その余裕《よゆう》の笑《わら》い！」

「ふふ、ごめん」

静香《しずか》は5年生《ねんせい》の2学期《がっき》に転校《てんこう》してきた。

目《め》がぱちっとした美少女《びしょうじょ》。しかも、服《ふく》が個性的《こせいてき》でおしゃれ。

明《あか》るくて、だれとでもしゃべる、とにかく、べらべらしゃべるもんだから、転校初日《てんこうしょにち》で、あっというまにクラスの人気者《にんきもの》になってしまった。

私《わたし》にもどんどん話《はな》しかけてくれて、あっというまに仲《なか》よくなった。

あんなにも最速《さいそく》で友《とも》だちになれたのは、静香《しずか》が初《はじ》めてだった。

今日《きょう》もミニスカートに水玉《みずたま》のレギンスをはいている。

他《ほか》の子《こ》なら派手《はで》で終《お》わりそうだけど、静香《しずか》は静香《しずか》らしいになってしまう。

時々《ときどき》、しゃべる量《りょう》を半分《はんぶん》にしたほうが、きれいな顔《かお》にあっているんじゃないかなと思《おも》うこともある。

でも、そんな静香《しずか》だから、女子《じょし》に大人気《だいにんき》だし、私《わたし》も静香《しずか》が大好《だいす》きなんだ。

「ねえねえ、未来《みらい》！　夕方《ゆうがた》から公園《こうえん》でコクハク会《かい》ってやるらしいんだけど、行《い》く？」

「なにそれ？」

「コクハク会《かい》っていうのは、クラスの女子《じょし》が集《あつ》まって、好《す》きな男《おとこ》の子《こ》、気《き》になる男《おとこ》の子《こ》を発表《はっぴょう》するの。別《べつ》に男子《だんし》にコクハクするんじゃないよ。だから、真面目《まじめ》でおかたい未来《みらい》でもぜんぜん、参加《さんか》できる！　うわさによると、夏川《なつかわ》さんなんか、好《す》きな男子《だんし》が3人《にん》もいるらしいよ！　3人《にん》ってすごくない!?」

静香《しずか》はいつもどおり、上手《じょうず》な説明《せつめい》で一気《いっき》にしゃべってくれた。

「ごめん」

「やっぱり、そういうのは好《す》きじゃないか。真面目《まじめ》でおかたい未来《みらい》ちゃんは」

「そんな言《い》い方《かた》」

うつむくしかなかった。

あとちょっと。今《いま》が4月《がつ》。8月《がつ》まで4ヶ月《かげつ》。ひかりに会《あ》える。

「あ、また、一人《ひとり》の世界《せかい》にはいってる。コクハク会《かい》は行《い》かないってことですね」

静香《しずか》が私《わたし》を横目《よこめ》で見《み》た。

「一人《ひとり》の世界《せかい》？」

「未来《みらい》は時々《ときどき》、一人《ひとり》の世界《せかい》にはいるの。がらがらとシャッター下《お》ろして、ここから先《さき》はだれもいれませ〜んって顔《かお》するの」

「ええ？」

私《わたし》はあわてて自分《じぶん》の顔《かお》に自分《じぶん》でふれた。一人《ひとり》の世界《せかい》？　シャッター？　そんなこと考《かんが》えもしなかった。

「おかしい、未来《みらい》、自分《じぶん》で自分《じぶん》の顔《かお》さわってる〜」

静香《しずか》がげらげら笑《わら》いだした。

「もう！」

私《わたし》は、静香《しずか》の体《からだ》を軽《かる》く、たたく。だって、こっちはかなりあせったんだから！

「じゃあ、うちもコクハク会《かい》はパスして、あとで未来《みらい》の家《いえ》に行《い》く！　ドリル見《み》せてね。あ！　おとといのビスケット、残《のこ》ってたら、また出《だ》してね！」

「わかったよ」

いつもの曲《ま》がり角《かど》で、静香《しずか》は、手《て》をふった。

私《わたし》も静香《しずか》に手《て》をふり、家《いえ》にむかう。

私《わたし》の家《いえ》は、ここから、100メートルぐらい。駐車場《ちゅうしゃじょう》と花壇《かだん》はあるけど、庭《にわ》のない2階《かい》建《だ》て。

似《に》たようなサイズの家《いえ》が4つぐらいならんでいて、うちは一番《いちばん》はじっこ。

郵便《ゆうびん》ポストから郵便物《ゆうびんぶつ》を取《と》りだす。これは私《わたし》の日課《にっか》。

ランドセルから鍵《かぎ》を取《と》りだし、家《いえ》にはいった。

お母《かあ》さんは、仕事《しごと》。

だから、いつも家《いえ》に帰《かえ》るときはしんとしている。

リビングのテーブルに郵便物《ゆうびんぶつ》を、2階《かい》の自分《じぶん》の部屋《へや》にランドセルをおいた。

靴下《くつした》が汚《よご》れていたので、タンスから洗《あら》い立《た》ての靴下《くつした》を出《だ》し、はいていたものをぬぐ。

素足《すあし》になるとどうしても、小指《こゆび》に目《め》がいってしまう。

私《わたし》の両足《りょうあし》の小指《こゆび》はほんのちょっとだけ曲《ま》がっている。曲《ま》がっているというより、はれているといったほうがいいかもしれない。

ひかりと出会《であ》った病院《びょういん》を退院《たいいん》したあと、どんどん治《なお》っていくのかなと思《おも》ったら、完全《かんぜん》に治《なお》る人《ひと》はあまりいなくて、進行《しんこう》を遅《おく》らせて、病気《びょうき》とだましだましつきあっていくんだってことがわかった。

お医者《いしゃ》さんはいつも「昔《むかし》はね、なんの治療法《ちりょうほう》もなくて、手《て》の指《ゆび》が広《ひろ》げられなくなったりとか、立《た》てないとかそんな人《ひと》もいたんだ。未来《みらい》ちゃんは、今《いま》の時代《じだい》に病気《びょうき》になって、まだラッキーなんだよ」とにこにこ話《はな》してくれる。

お母《かあ》さんも「未来《みらい》と同《おな》じ病気《びょうき》でもほとんどの人《ひと》がふつうに暮《く》らしているのよ。心配《しんぱい》しないでいいのよ」とはげましてくれる。

でも、どうなんだろう。少《すこ》しずつ、少《すこ》しずつ、あちこち悪《わる》くなっていくって可能性《かのうせい》もあるんじゃないかな。

ぶんぶんと首《くび》をふった。

こういうネガティブな発想《はっそう》は体《からだ》によくないってお医者《いしゃ》さんに言《い》われたっけ。

こういうときはいつもひかりのことを、約束《やくそく》のことを考《かんが》えて、気持《きも》ちを切《き》りかえようとしていたんだけど。

それが、静香《しずか》からすると、一人《ひとり》の世界《せかい》にはいっていると思《おも》われていたとはショックだな。

ひかりのことは自分《じぶん》だけの大切《たいせつ》な秘密《ひみつ》にしておこうかと思《おも》って、女《おんな》の子《こ》どうしの恋《こい》の話《はなし》とかあまり参加《さんか》しないようにしていたんだけど。

病気持《びょうきも》っていても、ふつうの子《こ》と変《か》わらないんだからねって、妙《みょう》なところで意地張《いじは》って、勉強《べんきょう》とかがんばっちゃって。

それで、真面目《まじめ》、おかたい、みたいなイメージになってしまったのかも。

やっぱり、静香《しずか》にだけはひかりのこと話《はな》そうかな。

ひかり……退院《たいいん》の日《ひ》には会《あ》えなかったけど、信《しん》じている。

今度《こんど》の夏《なつ》、花火《はなび》の夜《よる》、あの病院《びょういん》から見《み》えた、あの高台《たかだい》に行《い》けば絶対《ぜったい》に、会《あ》えるって。

この一年間《ねんかん》、髪形《かみがた》だってかえていない。肩《かた》につくかつかないかの長《なが》さのまま。

だって、急《きゅう》に短《みじか》くしたり、長《なが》くしたりしたら、再会《さいかい》したとき、私《わたし》だってわからないかもしれないもん。


ピンポーン。

静香《しずか》だ！　と思《おも》って、階段《かいだん》をおり、ドアを開《あ》けた。

「早《はや》いね！」

ところが……。いたのは静香《しずか》じゃなくて、龍斗《りゅうと》だった。

おどろいた。だって、龍斗《りゅうと》って私《わたし》の家《いえ》とか来《き》たことないし。

「よう」

なれなれしく笑《わら》いかけてきたので、身《み》がまえてしまう。

あいかわらず、ワックスかムースみたいなので、ほんのり茶色《ちゃいろ》い髪《かみ》をばしっと決《き》めている。華《はな》やかで私《わたし》とは別世界《べつせかい》って感《かん》じ。静香《しずか》も、あいつはちゃらいってよく笑《わら》ってる。

私《わたし》になんの用《よう》?

「ちょっといい?」

龍斗《りゅうと》はポケットに手《て》をつっこみながら笑《わら》った。

「別《べつ》にいいけど」

サンダルをはいて、ドアを背中《せなか》でおさえた。

「今度《こんど》、サッカーの試合《しあい》、応援《おうえん》に来《き》てくれない?」

「はあ?」

「ひょっとして知《し》らない? このへんじゃ有名《ゆうめい》な小学生《しょうがくせい》サッカーチーム、コンドルズ。おれ、キャプテンで、けっこう活躍《かつやく》してるんだけど」

自分《じぶん》の口《くち》があんぐりと開《あ》くのがわかった。

いきなり、自慢《じまん》？

でも……。くすり。思《おも》わずほほえんでしまった。

だって、ひかりも、あのとき、花火《はなび》の夜《よる》、いきなりサッカー自慢《じまん》から始《はじ》まってなかった？　男《おとこ》の子《こ》ってそうなのかな？

すると、龍斗《りゅうと》もほほえみかえしてきた。

やだ！　別《べつ》にあなたのことじゃないから。

ひかりを思《おも》い出《だ》しただけだから。

「今度《こんど》の練習試合《れんしゅうじあい》の相手《あいて》、強《つよ》いんだ。キャプテン兼《けん》エースストライカーのやつが手《て》ごわいんだって。だからさ、そいつに、そのチームに勝《か》てたら、おれとつきあってよ」

一瞬《いっしゅん》、言《い》われていることがわからなかった。

でも、言《い》われた言葉《ことば》を反芻《はんすう》し、龍斗《りゅうと》の顔《かお》を見《み》た。

はずかしがっているわけでもなく、すごく堂々《どうどう》としていた。

ひょっとして、からかわれている……？

「冗談《じょうだん》ならやめてくれないかな？」

「ええ？」

「にやにやこっち見《み》てるときあるけど……そういうのも……」

「ちょっと待《ま》った！　にやにやって、冗談《じょうだん》って！　そんなつもりじゃ……」

龍斗《りゅうと》があわてだすと、となりの家《いえ》の花壇《かだん》、ぎっしりと植《う》えられている、私《わたし》の腰《こし》ぐらいまでの高《たか》さの花《はな》や植物《しょくぶつ》がガサガサと妙《みょう》な動《うご》きをした。

「なに？」

足《あし》をそっちのほうに動《うご》かすと「ニャー」と聞《き》こえる。

この声《こえ》は……！

「静香《しずか》？」

「へへ、見《み》つかった」

静香《しずか》が、髪《かみ》に葉《は》っぱをつけて、立《た》ち上《あ》がった。

「静香《しずか》、いつからいたんだよ！」

龍斗《りゅうと》があわてると、静香《しずか》はにやりと笑《わら》った。

「悪《わる》いけど、聞《き》いちゃった」

そして、龍斗《りゅうと》にぬっと顔《かお》を近《ちか》づけた。

「なにが、勝《か》ったらおれとつきあってだ。よくもまあ、そんなくさいこと言《い》えるね！　おまえはりゅうとじゃなくて、今日《きょう》からホストと改名《かいめい》しろ！」

ホストってよく知《し》らないけど、静香《しずか》の言《い》い方《かた》がおかしくてふきだしてしまった。

龍斗《りゅうと》は「一番面倒《いちばんめんどう》くさいやつに聞《き》かれたな」と自分《じぶん》のおでこをぴしゃりとたたき、

「気《き》がむいたら応援来《おうえんき》てよ」

とそそくさと立《た》ち去《さ》った。

龍斗《りゅうと》の逃《に》げていく背中《せなか》を見《み》ながら、静香《しずか》は腰《こし》に手《て》を当《あ》ててはっはっはと笑《わら》い、その姿《すがた》は悪《わる》いやつをとっちめた人《ひと》そのものだった。

「静香《しずか》、最高《さいこう》！　かっこいい！　ドリルぜ〜んぶ、見《み》ていいよ」

私《わたし》は静香《しずか》に抱《だ》きついた。

「調子《ちょうし》いい！　ねえ、未来《みらい》、龍斗《りゅうと》はどうでもいいけど、試合《しあい》は観《み》に行《い》ってみない？」

私《わたし》は静香《しずか》の意外《いがい》すぎる申《もう》し出《で》に大《おお》きな声《こえ》を出《だ》した。

「いやよ！　あんないたずらされて、応援《おうえん》なんてばかみたいじゃない！」

「でもさ、うち、一度《ど》でいいから、少年《しょうねん》サッカー、生《なま》で観《み》たいんだよね！　Ｊ《ジェイ》リーグの試《し》合《あい》は観《み》たことあるけど、同《おな》い年《どし》の男子《だんし》が本気《ほんき》でやるサッカーの試合《しあい》観《み》たことないもん。ね！　行《い》こう！」

静香《しずか》はなんどもしつこく誘《さそ》ってきた。

サッカーか。

龍斗《りゅうと》のことはちょっといやな気持《きも》ちしたけど、サッカーは観《み》てみたいかもね。

5章《しょう》　再会《さいかい》を信《しん》じて

GW《ゴールデンウィーク》。

バス通《どお》りの桜《さくら》はほとんど散《ち》ってしまい、葉桜《はざくら》になってしまった。

残念《ざんねん》だけど、夏《なつ》に一歩《いっぽ》ずつ近《ちか》づいている証拠《しょうこ》。

夏《なつ》になったら、ひかりに会《あ》える。きっとおたがいの第一声《だいいっせい》は「背《せ》、伸《の》びたな」だと思《おも》う。

絶対《ぜったい》にそうだと思《おも》う。

次《つぎ》に、ひかりはお守《まも》りの話《はなし》をしてくれると思《おも》う。

私《わたし》は、そこで想像《そうぞう》をやめた。ここから先《さき》を想像《そうぞう》すると、胸《むね》が苦《くる》しくなるから。

いつもここから先《さき》を考《かんが》えると、落《お》ちつかなくなる。

こわいのにやさしい気持《きも》ち。苦《にが》いのに甘《あま》い感情《かんじょう》。

なんだかわからなくなって落《お》ちつかなくなって、でも、そのなんだかわからないのは決《けっ》していやな気持《きも》ちじゃない。

もっとくわしいことを聞《き》いておけばよかったと思《おも》ったこともなんどかあった。

住所《じゅうしょ》とか、電話《でんわ》とか、学校名《がっこうめい》とか。

でも、聞《き》かなくてよかったとも考《かんが》えている。

だって、この一年間《ねんかん》、再会《さいかい》のことを考《かんが》えると、とても楽《たの》しかったから。

ううん、楽《たの》しいっていう表現《ひょうげん》じゃないな。なんていうのかな、こういうの……。

そうだな、時間《じかん》が豊《ゆた》かになるって感《かん》じ？

「未来《みらい》、お待《ま》たせ～！　次《つぎ》のバスに乗《の》らないと間《ま》に合《あ》わないからね！」

「遅刻《ちこく》してきたくせに、えらそうに言《い》わないの！　私《わたし》がこのバス停《てい》で待《ま》ってる間《あいだ》、二本《ほん》は通《とお》りすぎているからね！」

今日《きょう》の静香《しずか》は、ジャケットのそでをめくり、中《なか》はロゴT《ティー》シャツ、下《した》はショートパンツですごくかっこよかった。

なのに汗《あせ》だくで走《はし》ってきたもんだから、ハットは曲《ま》がってるし、首《くび》のまわりが汗《あせ》でべたついている。

「もう！」

私《わたし》がハンカチでふいてあげると、

「ありがと」

と、ぜーぜー肩《かた》で息《いき》をしていた。


試合会場《しあいかいじょう》は、スタジアムみたいなところを想像《そうぞう》していたんだけど、草野球《くさやきゅう》ができる野球《やきゅう》場《じょう》や、プールのある大《おお》きな公園《こうえん》の中《なか》にあるグラウンドだった。

そうだよね、小学生《しょうがくせい》のサッカーだもん。

私《わたし》はサッカーの試合《しあい》は時々《ときどき》テレビで見《み》ていた。

サッカーを見《み》ているとひかりの世界《せかい》にふれられている気《き》がするから。

でも、地元《じもと》の小学生《しょうがくせい》サッカーチーム、コンドルズに興味《きょうみ》を持《も》たなかったのは、そこにひかりはいないから。いてもおかしくないのに、いないって、さびしくなる。

グラウンドのそばに行《い》くと、コンドルズも相手《あいて》チーム、ああ、ファイターズっていうのか、どちらも軽《かる》く練習《れんしゅう》していた。

コンドルズ側《がわ》の応援席《おうえんせき》に行《い》くとクラスの女子《じょし》、くりくりした目《め》にマッシュルームヘアがよく似合《にあ》う夏川《なつかわ》さんと、秋山《あきやま》さんに冬野《ふゆの》さんに鈴木春《すずきはる》さんがいた。

4人《にん》でいつも行動《こうどう》し、4人《にん》とも名前《なまえ》に季節《きせつ》の漢字《かんじ》が一《ひと》つずつあるので、結束力《けっそくりょく》が強《つよ》い。

「あれ、静香《しずか》？　ああ、未来《みらい》も」

夏川《なつかわ》さんたちが手《て》をふったので、ふりかえす。

「うちらも応援《おうえん》。未来《みらい》、今日《きょう》は暑《あつ》いから、ジュース買《か》っておこう」

静香《しずか》に連《つ》れられて、一度《いちど》、応援席《おうえんせき》を離《はな》れ、近《ちか》くの自動販売機《じどうはんばいき》にむかった。

「うちはアイスティー」

静香《しずか》が元気《げんき》にボタンを押《お》すと、ペットボトルのアイスティーが取《と》りだし口《ぐち》にドン！　と落《お》ちてきた。

同時《どうじ》に……。

自動販売機《じどうはんばいき》のいろんな箇所《かしょ》がピコピコと光《ひか》りだした。

「うわ、ラッキー！　もう一本《いっぽん》、ただで飲《の》める！　未来《みらい》、なにがいい？」

「いいよ、自分《じぶん》のは、自分《じぶん》で買《か》うから」

「まったく、あんたは甘《あま》えベタだね。よし、次《つぎ》は、新発売《しんはつばい》、さくらんぼドリンク」

静香《しずか》は二本《ほん》の飲《の》み物《もの》を持《も》ち、ご機嫌《きげん》だった。

「未来《みらい》も、当《あ》たるんじゃない？　こういうの連続《れんぞく》で当《あ》たるって聞《き》いたことがある」

「まさか」

とは、言《い》ったものの、内心《ないしん》、自分《じぶん》のときも、販売機《はんばいき》がピコピコと光《ひか》りだすのではと期待《きたい》していた。

でも、そんな奇跡《きせき》は起《お》きず、私《わたし》はスポーツドリンク一本《いっぽん》だけを手《て》ににぎる。

「こんなもんだよね」

ふっと笑《わら》った。

応援席《おうえんせき》にもどると、ウォーミングアップを終《お》えた龍斗《りゅうと》がグラウンドからこっちに走《はし》ってやってきた。

また、いたずらかな？

反射的《はんしゃてき》に静香《しずか》を前《まえ》に出《だ》す。静香《しずか》は静香《しずか》で、「なによ、未来《みらい》！」と困《こま》っていた。

「来《き》てくれたってことは、約束《やくそく》ＯＫ《オーケー》ってことだよね」

龍斗《りゅうと》が静香《しずか》ごしに言《い》った。

「え！」

「絶対勝《ぜったいか》つから、約束《やくそく》、よろしく！」

龍斗《りゅうと》はいきいきした顔《かお》でグラウンドにもどっていった。

「ねえ、約束《やくそく》ってなに？」

夏川《なつかわ》さんたちが聞《き》いてきた。

頭《あたま》の中《なか》がゆらゆらしてどう返事《へんじ》をしていいかわからないでいると、静香《しずか》が私《わたし》のかわりに
夏川《なつかわ》さんの質問《しつもん》に答《こた》えてしまった。

「この試合《しあい》、コンドルズが勝《か》ったら、未来《みらい》と龍斗《りゅうと》はおつきあいするとかなんとか」

その瞬間《しゅんかん》、夏川《なつかわ》さんたちは、

「キャー」

「ええー」

「ほんとうー」

と甲高《かんだか》い声《こえ》を立《た》て続《つづ》けにあげた。

「わたし～、龍斗《りゅうと》、もしや、そうなのかな～って思《おも》ってた」

「わたしも！　だって、龍斗《りゅうと》、未来《みらい》のこと、しょっちゅう見《み》てるもん」

はっとした。私《わたし》はにやにやとこっちを見《み》ていて、感《かん》じ悪《わる》いって思《おも》ってたけど、そっちの意味《いみ》だったの!?

と、いうことは……からかっているんじゃ……なかった……？　そんな……ばかな。

だって、龍斗《りゅうと》が私《わたし》みたいに真面目《まじめ》でかたいイメージの子《こ》に興味《きょうみ》を持《も》つはずがない。

想像《そうぞう》がつかない。

夏川《なつかわ》さんたちがキャッキャと私《わたし》をかこんでくる。気《き》づいたら、こういうノリ、困《こま》る！

とは言《い》えない雰囲気《ふんいき》になっていた。

ピー！

キックオフの笛《ふえ》が鳴《な》った。

「コンドルズ勝《か》ったら、どうなるんだろう～」

夏川《なつかわ》さんたちがさわいでいるけど、それは、こっちのセリフ！

本当《ほんとう》に勝《か》ったら、どうなるの？　ちゃんと、断《ことわ》らないと。

でも、龍斗《りゅうと》、私《わたし》はそんなつもりで応援《おうえん》に来《き》たんじゃないって言《い》っても、約束《やくそく》したじゃんとか、強引《ごういん》なこと言《い》いそう。

それよりなにより、こうなってくると、龍斗《りゅうと》より、夏川《なつかわ》さんたちのノリのほうがこわいかも。

夏川《なつかわ》さんたちのキャッキャしたノリって、悪意《あくい》がないぶん、強《きょう》れつというか、こわいと思《おも》うときがある。

いつだったか、合唱《がっしょう》コンクールでなに歌《うた》うかも、結局《けっきょく》、彼女《かのじょ》たちがテンション高《たか》くさわぎだしたら、その曲《きょく》に決《き》まってしまった。

まさかとは思《おも》うけど、コンドルズが勝《か》って夏川《なつかわ》さんたちがさわぎだしたら……！

ひかり、会《あ》いたい！　夏《なつ》まで待《ま》てない！

「うおお！　龍斗《りゅうと》はりきってる〜！　3人《にん》も抜《ぬ》いた！　このままシュートか！」

静香《しずか》が実況中継《じっきょうちゅうけい》みたいにしゃべっている。

でも、おおげさじゃない。龍斗《りゅうと》ってうまいんだ！

どんどんゴールに近《ちか》づいていく！

相手《あいて》チーム、止《と》めてよ！

龍斗《りゅうと》に勝《か》たれたら、私《わたし》、どうすればいいの！

お願《ねが》い！　だれでもいい！　龍斗《りゅうと》のドリブル、止《と》めて！

そのとき。

静香《しずか》が叫《さけ》ぶと同時《どうじ》に、相手《あいて》チームのキャプテン腕章《わんしょう》をつけている選手《せんしゅ》が龍斗《りゅうと》の前《まえ》に勢《いきお》いよく、スライディングした。

「龍斗《りゅうと》あぶない！」

龍斗《りゅうと》は一瞬《いっしゅん》、ボールを取《と》られる。でも、また取《と》りかえす。

「一対一《いったいいち》の大勝負《おおしょうぶ》！」

どこからか、そんな声《こえ》が聞《き》こえてきた。

龍斗《りゅうと》とむこうのキャプテン腕章《わんしょう》をつけている子《こ》は、ボールをはさんで、取《と》ったり取《と》りかえしたりをしている。

「むこうのチームの10番《ばん》、やるね」

静香《しずか》が急《きゅう》に実況中継《じっきょうちゅうけい》をやめ、うんうんとうなずき、感心《かんしん》しながら観戦《かんせん》しだした。

でも、私《わたし》の心臓《しんぞう》はその逆《ぎゃく》。
どくん……と小《ちい》さくなったかと思《おも》うと、その音《おと》は早鐘《はやがね》を打《う》ちだした。
まさか……そんな……。

6章《しょう》 キセキ

一年前《ねんまえ》の夏《なつ》、あの病院《びょういん》が思《おも》い出《だ》された。

廊下《ろうか》で聞《き》いた、楽《たの》しそうな笑《わら》い声《ごえ》。惹《ひ》かれるように歩《ある》きだし、のぞいた病室《びょうしつ》。

サッカーボールをあやつっていたひかり。似《に》ている、動《うご》きが……。

ここからじゃよく見《み》えない！　私《わたし》は相手《あいて》チームのゴールのほうに走《はし》りだした！

「未来《みらい》、どこ行《い》くの？」

静香《しずか》の声《こえ》が聞《き》こえた。

「龍斗《りゅうと》の応援《おうえん》じゃない？　やる〜」

そんなかんちがいな声《こえ》も聞《き》こえてきたけど、もうどうでもよかった。

相手《あいて》チームのすぐそばまで行《い》くと、はっきりわかった。

まちがいない。ひかり……ウソ！　ううん、ウソじゃない！

背《せ》、伸《の》びた。真剣勝負《しんけんしょうぶ》の最中《さいちゅう》だからかな？　男《おとこ》の子《こ》っぽいというか、かっこいいというか、大人《おとな》になってる。

私《わたし》は大声《おおごえ》を出《だ》したくなった。出《だ》したくてたまらなかった。でもどんな言葉《ことば》で大《おお》きな声《こえ》を出《だ》していいかわからず、一生懸命《いっしょうけんめい》、高鳴《たかな》る気持《きも》ちをおさえた。

ひかりは龍斗《りゅうと》からボールを取《と》ると、今度《こんど》は逆《ぎゃく》のゴールにドリブルをしだした。

そのドリブルははやくて、上手《じょうず》で、グラウンドも応援席《おうえんせき》も盛《も》り上《あ》がる。

私《わたし》は、ひかりを追《お》いかけるように、また、静香《しずか》たちが応援《おうえん》している、コンドルズのゴールそばにもどってきた。

「未来《みらい》、あんた、なに走《はし》りまわってるの？」

静香《しずか》は不思議《ふしぎ》そうだった。でも、その質問《しつもん》に答《こた》えられる余裕《よゆう》は今《いま》の私《わたし》にはなかった。

目《め》にはひかりしか、はいらない！

ひかりがドリブルしながら、同《おな》じチームの子《こ》にパスした。パスが通《とお》った！

そして、その子《こ》がシュートした！　ああ、でもキーパーのまん前《まえ》だ、残念《ざんねん》！

と、思《おも》いきや、ひかりが強引《ごういん》にキーパーの前《まえ》に行《い》き、ちょこんとボールの方向《ほうこう》をかえた。

ピー！

ゴールの笛《ふえ》が鳴《な》った！

私《わたし》は、飛《と》び上《あ》がった！　すごい、すごい、ひかり！　シュート決《き》まった！

飛《と》び上《あ》がっているうちに、目《め》のはしが濡《ぬ》れているのがわかった。

シュートが決《き》まったことがうれしいのか、ひかりと思《おも》いがけない再会《さいかい》ができたのがうれしいのか、それすらも、もう、わからなかった。

あれ、気《き》のせい？　視線《しせん》を感《かん》じる？

ふと、まわりを見《み》ると、コンドルズの応援《おうえん》に来《き》ている、大人《おとな》も子供《こども》も、全員《ぜんいん》が不思議《ふしぎ》そうに私《わたし》を見《み》ていた。

となりの静香《しずか》もぽかんとしている。

しまった！　みんなにとっての敵《てき》を応援《おうえん》しちゃっているんだ。

私《わたし》は肩《かた》をすくめ、ごまかすように背《せ》をむけた。

ひかりは、チームメイトと手《て》をたたきあって喜《よろこ》んでいた。笑《わら》った顔《かお》はあのころとちっともかわらない。けどすぐに下級生《かきゅうせい》になにかアドバイスしていた。そのときの顔《かお》は私《わたし》の知《し》らない、ちょっと大人《おとな》になったひかりの顔《かお》だった。

胸《むね》がしめつけられる。

どうしよう、気《き》を許《ゆる》したら、どんどん、涙《なみだ》が出《で》てきそう。

「あんた、なに、感動《かんどう》してるの？」

静香《しずか》がいぶかしげに私《わたし》を見《み》る。

「み、観《み》たことないから……サッカー……」

涙《なみだ》を指《ゆび》でぬぐいながら、笑《わら》ってごまかすと、静香《しずか》はますます首《くび》をひねっていた。

すぐそこに、ひかりがいる。みんなとサッカーをしている。

静香《しずか》のおしゃべりみたいにおおげさかもしれないけど、そう思《おも》うだけで、生《い》きていてよかった！　と、心《こころ》がはじけて、空《そら》のかなたに飛《と》んでしまうぐらいうれしかった。


ピー。

前半《ぜんはん》は1対《たい》0で終《お》わった。どちらのチームも監督《かんとく》と話《はな》し合《あ》いをしながら、汗《あせ》をふいたり、ドリンクを飲《の》んだりしている。

ひかりは監督《かんとく》の話《はなし》を真剣《しんけん》に聞《き》いたあと、他《ほか》のメンバーにもキャプテンとして自分《じぶん》から話《はな》しかけたり、マネージャーだと思《おも》われる、日焼《ひや》けしたポニーテールの女《おんな》の子《こ》から、タオルをわたされたりしていた。

試合《しあい》が終《お》わったら、話《はな》しかけたい。チャンスあるかな？

あ！ お守《まも》りの中《なか》、開《あ》けちゃったかな？ そこを思《おも》い出《だ》すと、急《きゅう》に足《あし》がすくみだす。

こわい。あれだけ、会《あ》いたかったのに。

約束《やくそく》だけを支《ささ》えにした一年間《ねんかん》って言《い》い切《き》ってもちっともおおげさじゃないのに。なのに、すぐそこにひかりがいて、試合《しあい》が終《お》わったら話《はな》せると思《おも》ったら、どんどん、こわくなってきたなんて。おかしいよ、こんなの。

後半《こうはん》が始《はじ》まるらしく、選手《せんしゅ》がグラウンドに散《ち》らばっていく。

龍斗《りゅうと》が自分《じぶん》のポジションに走《はし》る途中《とちゅう》で、こっちを見《み》て親指《おやゆび》を立《た》てた。

「未来《みらい》、応援《おうえん》、よろしく！」

静香《しずか》や夏川《なつかわ》さんたちが「龍斗《りゅうと》、やる～」とすごく楽《たの》しそうにはしゃぐ。

やめて！ と心《こころ》の中《なか》で叫《さけ》んだ。けど……。

ひかりが一瞬《いっしゅん》、こっちを見《み》た。

まさか、気《き》づいてくれた？

そうか、みらいって名前《なまえ》で、私《わたし》がここにいるって、わかってくれた？

ピー。

後半開始《こうはんかいし》のキックオフの笛《ふえ》が鳴《な》ると、ひかりはすぐに私《わたし》から視線《しせん》をはずし、ボールを追《お》いだした。

心臓《しんぞう》が高鳴《たかな》る。どうしよう。

試合《しあい》が終《お》わったら、ひかりのもとへ行《い》きたい！　けど、行《い》っていいの？

「未来《みらい》、どうしたの？　今度《こんど》は一人《ひとり》で思《おも》いつめたような顔《かお》して。ま、もともと、未来《みらい》は一人《ひとり》の世界《せかい》で生《い》きる子《こ》だけど」

静香《しずか》がちゃかしてくると、夏川《なつかわ》さんたちも楽《たの》しそうに笑《わら》った。

急《きゅう》に胸《むね》に苦《にが》いものがこみ上《あ》げてきた。

静香《しずか》は私《わたし》と正反対《せいはんたい》のタイプだから、あっけらかんと、時々《ときどき》、心《こころ》にずきんとくることを言《い》ってくるときがある。

二人《ふたり》きりのときにそれをやられても、ちっともいやな気《き》はしない。

むしろ、友《とも》だちなんだって思《おも》える。

でも、夏川《なつかわ》さんたちがはいってくると話《はなし》はちょっと別《べつ》になる。

ああ、静香《しずか》、むこうに行《い》っちゃったっていうか、むこうは大勢《おおぜい》で、こっちは一人《ひとり》みたいに思《おも》えてしまって。

そんなとき、自分《じぶん》にはひかりとの約束《やくそく》があるってずっと支《ささ》えにしてきた。

「ねえ、未来《みらい》。試合《しあい》が終《お》わったら、家《いえ》のほうにもどって、どこかに行《い》こうかって相談《そうだん》しているんだけどさ」

静香《しずか》がとなりで話《はな》しかけてくれてるけど、私《わたし》はそれどころではなかった。

帰《かえ》りって、ひかりと話《はな》せるかどうかで今《いま》は頭《あたま》がいっぱい。

「いいかもね」

口《くち》はそう動《うご》いたけど、ボールを追《お》っているひかりがもう一度《いちど》シュートを打《う》てますように、ひかりのチームが勝《か》てますように。そして、試合後《しあいご》、話《はなし》ができますように。

そんなことしか考《かんが》えていなかった。

7章《しょう》　覚《おぼ》えていますか？

試合《しあい》は終了《しゅうりょう》した。

結果《けっか》、1対《たい》0。ひかりのいるファイターズの勝《か》ち。

こっちの応援団《おうえんだん》はガックリしていたけど、静香《しずか》が「拍手《はくしゅ》しよう！　龍斗《りゅうと》、よくがんばった」と拍手《はくしゅ》すると、夏川《なつかわ》さんたちも「そうだね」と手《て》をたたき「おつかれ〜」と声《こえ》を出《だ》した。

キャプテンどうし、龍斗《りゅうと》とひかりは握手《あくしゅ》する。

どちらのチームもスパイクをぬぎ、帰《かえ》りじたくに取《と》りかかっていた。

どうしよう、どうやってひかりに話《はな》しかけよう。なんの接点《せってん》もない男《おとこ》の子《こ》ばかりのサッカーチームに走《はし》っていって、いきなり話《はな》しかけるって、できないよ。

ひかり、私《わたし》に気《き》づいてくれないかな？

でも、あとかたづけやチームメイトとの会話《かいわ》にいそがしそうで、こっちなんか見《み》てもくれない。

そうだよね、キャプテンだもん。いきなり、私《わたし》が登場《とうじょう》したら、邪魔《じゃま》することになるかもしれない。

夏《なつ》に会《あ》えるんだから、約束《やくそく》があるんだから、ここで場《ば》ちがいな行動《こうどう》に出《で》ないほうがいい。

「未来《みらい》、帰《かえ》るよ」

静香《しずか》が私《わたし》の背中《せなか》をたたくので、グラウンドをあとにした。

「どこに行《い》く？　ファーストフード？　デパ地下《ちか》のフードコーナー？」

歩《ある》きながら静香《しずか》がそう言《い》うと、夏川《なつかわ》さんたちも「どっち？　どっち？」とスキップでもするかのように歩《ある》いている。

私《わたし》もいっしょに歩《ある》いているけど、今《いま》ならまだ間《ま》に合《あ》うという言葉《ことば》が頭《あたま》の中《なか》に浮《う》かんでは消《き》えていき、どうしても、また浮《う》かんでしまう。

ひかり、どうやって帰《かえ》るんだろう？

ポン。

だれかに肩《かた》をたたかれた。

たたかれた瞬間《しゅんかん》に、その手《て》の感触《かんしょく》が男《おとこ》の子《こ》だと直感《ちょっかん》した。

「ひかり！」

ふりかえると龍斗《りゅうと》がきょとんとした顔《かお》をしていた。

反射的《はんしゃてき》に自分《じぶん》で自分《じぶん》の口《くち》をおさえる。

「おれの名前《なまえ》、ちがうけど」

龍斗《りゅうと》が笑《わら》った。

「今日《きょう》は、かっこいいところ見《み》せられなくて悔《くや》しかったけど、応援《おうえん》に来《き》てくれてうれしかった」

「あ、ああ……どういたしまして」

なにを話《はな》していいかわからないでいると、コンドルズの監督《かんとく》も龍斗《りゅうと》のすぐうしろにいて、

「みんな、龍斗《りゅうと》の学校《がっこう》の子《こ》か。応援《おうえん》、ありがとう」と、監督《かんとく》らしくさわやかに挨拶《あいさつ》してくれた。

静香《しずか》たちは、龍斗《りゅうと》と監督《かんとく》の登場《とうじょう》が楽《たの》しくてたまらないといったふうだった。

どうやら私《わたし》たちがたらたら歩《ある》いている間《あいだ》に、うしろから来《き》たコンドルズのメンバーと自《し》然《ぜん》に合流《ごうりゅう》してしまう形《かたち》になったようだ。

ということは、ひかりたちも、このへんを歩《ある》いている？　とあちこちの方向《ほうこう》に首《くび》を動《うご》かしてしまう。

「だれかさがしてる？」

龍斗《りゅうと》が言《い》った。

「え、別《べつ》に」

あわてて、さがすのをやめた。

みんなと歩《ある》いているうちに、公園《こうえん》を出《で》てバス停《てい》の前《まえ》に、ならんだ。

ファイターズは、どうやって帰《かえ》るの？

監督《かんとく》か龍斗《りゅうと》に聞《き》いてみようかな？

でも、「どうして、そんなこと聞《き》くの？」って聞《き》きかえされそうでこわい。

すると、車道《しゃどう》をはさんで、右《みぎ》に２、３００メートルのあたり。そこのバス停《てい》にファイターズの一団《いちだん》がバスを待《ま》っているのが見《み》えた。

そうか。この公園《こうえん》、これだけ大《おお》きいんだから、出口《でぐち》なんかたくさんあるんだ。

私《わたし》たちとはちがう出口《でぐち》から出《で》て、あのバス停《てい》に並《なら》んでいるんだ。

心臓《しんぞう》の音《おと》が止《と》まらない。本当《ほんとう》にこのまま帰《かえ》ってしまっていいの？

「よし、バス来《き》たぞ。みんな、迷惑《めいわく》かけずに、静《しず》かに乗《の》れよ」

目《め》の前《まえ》にバスが止《と》まり、うしろのドアが開《ひら》いた。

コンドルズの選手《せんしゅ》も、夏川《なつかわ》さんたちも静香《しずか》も順々《じゅんじゅん》に乗《の》っていく。

「ほら、未来《みらい》」

静香《しずか》が、立《た》ち止《ど》まってる私《わたし》をバスに乗《の》りながらうながす。

私《わたし》もバスに乗《の》った。

「奥行《おくい》こう」

静香《しずか》が言《い》った。

「ごめん、静香《しずか》」

「は？」

「あの……。お母《かあ》さんにお土産《みやげ》買《か》わないと」

「へ……」

気《き》がつくと無我夢中《むがむちゅう》でバスをおりていた。

バスの窓《まど》から静香《しずか》の声《こえ》が聞《き》こえた。

「ちょっと、未来《みらい》！」

静香《しずか》の乗《の》っているバスが走《はし》りだし、静香《しずか》が遠《とお》ざかっていく。

それとは逆方向《ぎゃくほうこう》に私《わたし》は歩道《ほどう》を走《はし》った。


横断歩道《おうだんほどう》のむこうに、バスを待《ま》っているファイターズの列《れつ》が見《み》えた。

その一番《いちばん》うしろに、ひかりがいた。

信号《しんごう》はちょうど青《あお》にかわり、まるで、神様《かみさま》が、「いそげ、未来《みらい》」って応援《おうえん》してくれているようだ。

私《わたし》は走《はし》った。

ひかりと話《はな》しているマネージャーらしき女《おんな》の子《こ》がちょうど、こっちをむいていて、走《はし》っている私《わたし》に気《き》づいた。

なんだろう、あの女《おんな》の子《こ》って顔《かお》をしている。

ひかりの背中《せなか》にむかって走《はし》っていると、息切《いきぎ》れなのか、ひかりに会《あ》えるということで胸《むね》が苦《くる》しいのかもわからなかった。

「ひかり！」

あらい息《いき》で名前《なまえ》を呼《よ》ぶと、ひかりがふりむいた。

抱《だ》きつきたいぐらいの気持《きも》ちだった。

なのに……。

「君《きみ》、だれ？」

それがひかりの第一声《だいいっせい》だった。

雷《かみなり》に打《う》たれたように立《た》ちつくす。

「あ……あ……」

そんなぶざまな声《こえ》しか出《だ》せなかった。

8章《しょう》　君《きみ》の秘《ひ》密《みつ》

ぎゅっ。

足《あし》がふらついて、自分《じぶん》の足《あし》なのに、どこにむかおうとしているのかもわからなかった。

ひかりが、私《わたし》の片手《かたて》をつかんだ。

「君《きみ》はおれを知《し》ってる？　そうだよな？」

ひかりにしっかりと手《て》をつかまれたまま、こくんとうなずく。

「おれ、一年前《ねんまえ》、交通事故《こうつうじこ》にあったんだ」

「え？」

「そのとき、記憶喪失《きおくそうしつ》やってる」

バスが来《き》た。

ファイターズのメンバーが次々《つぎつぎ》と乗《の》りこむなか、私《わたし》とひかりはおたがい身動《みうご》きが取《と》れなかった。

まるで、私《わたし》たちのまわりだけ時間《じかん》が止《と》まったみたいだった。

君《きみ》、だれ。

そう言《い》われたとき、目《め》の前《まえ》が真《ま》っ暗《くら》になった。

だって、ひかりが私《わたし》を覚《おぼ》えていないなんて。今《いま》でもショックでふらふらする。

背中《せなか》をぽんとたたかれたら、大声《おおごえ》で泣《な》いてしまいそう。

でも、事故《じこ》って……。記憶喪失《きおくそうしつ》って……。

ひかりは、しゃべっていた子《こ》に、「監督《かんとく》にうまいこと言《い》っておいてくれ」って、バスには乗《の》らず、私《わたし》の手《て》をひいて、公園《こうえん》までもどった。

芝生《しばふ》や花壇《かだん》のあるところ、私《わたし》たちはそこのベンチに腰《こし》かける。

約《やく》一年《ねん》ぶりの再会《さいかい》。

うれしくてたまらないはずなのに、どうして、なんで、こんなに悲《かな》しい気持《きも》ちになるの？

「傷《きず》つけちゃった？」

「え？」

「さっき、そういう顔《かお》してたからさ」

ひかりはばつが悪《わる》そうに頭《あたま》をかいていた。

下《した》をむいた。

なにを言《い》っていいのかわからない。

だって、君《きみ》、だれって。どう考《かんが》えてもひどすぎる。

この一年間《ねんかん》、ひかりだけが支《ささ》えだったのに。あんまりだよ。

「傷《きず》ついたに決《き》まってるでしょ！」

「へ？」

「すごい、傷《きず》ついた。忘《わす》れられてるって、すごい、傷《きず》つくに決《き》まってるじゃん！　傷《きず》ついてあたりまえだよ！」

顔《かお》を上《あ》げ、すごく感情的《かんじょうてき》に言《い》ってやった。

本当《ほんとう》は、うわあって、まわりの人《ひと》たちが、全員《ぜんいん》こっちを見《み》るぐらいに、だれかがかけつけるぐらいに大声《おおごえ》で泣《な》いてやりたかった。

けど、さすがにそこまではできなかった。

ひかりは、

「わりい、わりい。そんなにおこるなよ」

と私《わたし》をなだめた。

そんなひかりを見《み》ていると、どこにぶつけていいかわからない悲《かな》しい気持《きも》ちがすっと消《き》えていく。逆《ぎゃく》に……。

くすり。

気《き》がついたら笑《わら》っていた。

「なんだよ、なにがおかしいんだよ」

ひかりは大真面目《おおまじめ》に聞《き》いてくる。

それが、さらに私《わたし》の笑《わら》いを大《おお》きくさせる。

ひかりが私《わたし》を覚《おぼ》えてないのは、とてもつらい。

たえられないぐらいきつい。

でも、ひかりは今《いま》、ここにいる。

しかも、表情《ひょうじょう》があのころとちっとも変《か》わってなくて。

とにかく、ひかりは今《いま》、ここにいてくれているんだという現実《げんじつ》が、急《きゅう》に気持《きも》ちを明《あか》るくさせてくれた。

「傷《きず》ついたり、笑《わら》ったり、いそがしいやつだな」

「ひかりがそうさせてるんだよ」

「おれが？」

ひかりが自分《じぶん》で自分《じぶん》を指《ゆび》さした。

はっとして、視線《しせん》をそらす。

再会《さいかい》で舞《ま》い上《あ》がりすぎて、ちょっと、すごいこと言《い》っちゃったかも。でも、いいや、そう思《おも》ったんだから。

あのころと同《おな》じだ。

ひかりといると、思《おも》ったことが素直《すなお》に言《い》える。これは言《い》っちゃいけないとか、へんな気《き》づかいがぜんぜんなくて。

ひかりのことも好《す》きだけど、ひかりといると、自分《じぶん》も好《す》きになれる。

こんな気持《きも》ちにめったになれない。

キセキだよ。ひかりといると、自分《じぶん》のなかで勝手《かって》にキセキが起《お》きるんだ。

「記憶喪失《きおくそうしつ》って言《い》ってたよね」

「うん。5年生《ねんせい》の夏休《なつやす》みに事故《じこ》で、車《くるま》にぶつかったらしいんだ。そのまえの数日間《すうじつかん》のことがよくわからないんだ」

「5年生《ねんせい》の夏休《なつやす》みって、おばあちゃんの家《いえ》に泊《と》まって、おみまいに通《かよ》ってた、そのあと？　そのまえ？」

私《わたし》が興奮《こうふん》して、5年生《ねんせい》の夏休《なつやす》みっていってもいろいろあるよね」

私《わたし》が興奮《こうふん》して、立《た》ち上《あ》がると、ひかりも立《た》ち上《あ》がった。

「なんで、そんなこと知《し》っているんだよ！　おれが事故《じこ》にあったのは、ばあちゃんの家《いえ》に泊《と》まって、ばあちゃんの病院《びょういん》に行《い》こうとしたときらしいんだ」

私《わたし》も興奮《こうふん》していたけど、ひかりはもっと、興奮《こうふん》していた。

頭《あたま》のなかでいろんなことがぐるぐるとまわる。

あの夏《なつ》、おばあちゃんの病院《びょういん》に行《い》こうとしてひかりは事故《じこ》にあった。

私《わたし》が会《あ》ったとき、ひかりは元気《げんき》で事故《じこ》にあった様子《ようす》なんてちっともなくて。

ということは、私《わたし》が退院《たいいん》してから、事故《じこ》にあったってこと？

もしくは……考《かんが》えすぎかもしれないけど、あの日《ひ》、ひかりが見送《みおく》りに来《こ》なかったのは、事故《じこ》にあったから？

「君《きみ》は、なんで、そんなにくわしいんだ？」

ひかりが再《ふたた》び、座《すわ》って、私《わたし》の顔《かお》をのぞきこんだ。

「私《わたし》も、あの病院《びょういん》にいたの。入院《にゅういん》していたの。そのとき、ひかりに会《あ》った」

「会《あ》った？　君《きみ》と？」

夕方《ゆうがた》の風《かぜ》が吹《ふ》いた。昼間《ひるま》、あたたかかったぶん、冷《つめ》たく感《かん》じる。

君《きみ》……か。

さびしい呼《よ》ばれ方《かた》。その呼《よ》ばれ方《かた》が私《わたし》を現実《げんじつ》とむかい合《あ》わせてくれた。

記憶喪失《きおくそうしつ》なんて、たいしたことじゃないって思《おも》ってたけど、たいしたことあるのかも。

「私《わたし》、名前《なまえ》、ある。前田未来《まえだみらい》」

「前田未来《まえだみらい》……。未来《みらい》。みらいがないのに未来《みらい》」

「どうして!?」

おどろいて、口《くち》に両手《りょうて》を当《あ》てた。

「これ、なんの呪文《じゅもん》なんだよ。あと、もう一《ひと》つ、あるんだよ。ええと、こんなもんだよね！」

声《こえ》が出《で》なかった。

「試合《しあい》のまえの練習《れんしゅう》で、ボールがグラウンドの外《そと》に出《で》そうになったとき、君《きみ》、ええと、未《み》来《らい》は友《とも》だちとジュース買《か》ってた。そうだよな？」

「う、うん」

ひかり、あのとき、近《ちか》くにいたんだ！

「そのとき、こんなもんだよねって。それ、聞《き》いたとき、すげえ印象的《いんしょうてき》で。まえにもあったようなないようなっていうか。それと、未来《みらい》って名前《なまえ》も耳《みみ》にしてから、ずっと、気《き》になってたんだよ。試合《しあい》が終《お》わって着《き》がえてるときに、ビビッときたんだ。みらいがないのに、未来《みらい》って！」

ひかり、本当《ほんとう》に私《わたし》のこと覚《おぼ》えてないの？　覚《おぼ》えてるんじゃないの？

「ねえ……おみくじは？　お守《まも》りは！」

ひかりが私《わたし》の目《め》を見《み》る。息《いき》をのんでひかりの次《つぎ》の言葉《ことば》を待《ま》った。

9章《しょう》　手紙《てがみ》　ひかりへ

ひかりへ

コンドルズ戦《せん》の勝利《しょうり》、おめでとう！
キャプテンとしてエースとして、シュートもおめでとう！
（決勝点《けっしょうてん》っていうんだよね？　ちがったらごめんなさい）
さっき、バスの中《なか》でずっとこうかいしてました。
感情的《かんじょうてき》になってしまい、一番大切《いちばんたいせつ》なことをつたえていなかったって！
では、ここからは、さっきの話《はなし》の続《つづ》きです。
まずは、おみくじのこと。ひかりが入院《にゅういん》していた私《わたし》にくれました。
お祭《まつ》りでひいてきたそうです。私《わたし》は、今《いま》でもそれを持《も》っています。

そこには未来《みらい》という名前《なまえ》は想《おも》いがかなう名前《なまえ》と書《か》かれています。

それが、そのときの私《わたし》にはすごくうれしくて！

それと……お守《まも》りのことですが。

自分《じぶん》であらためて手紙《てがみ》で書《か》くのはてれくさいんだけど。お礼《れい》にお守《まも》りをわたしたんです。

じゃあ、また。年賀状《ねんがじょう》しか書《か》かないんだっけ？

でも、気《き》がむいたら、返事《へんじ》、書《か》いてみて。

前田未来《まえだみらい》

ふう。

楽《たの》しさ半分《はんぶん》、緊張半分《きんちょうはんぶん》、こんな手紙書《てがみか》いたことない。

読《よ》み直《なお》してみる。

お守《まも》りのこと、本当《ほんとう》は、もっといろいろ書《か》きたい。手作《てづく》りとか、６年生《ねんせい》になったら、開《あ》けてほしいってお願《ねが》いしたこととか。

でも、どっちも、あつかましくなりそうで、ここが限界《げんかい》だよね。

返事《へんじ》のことも、本音《ほんね》は「絶対書《ぜったいか》いて」だけど、無理強《むりじ》いするのいやだし。

便《びん》せんを折《お》りたたみ、封筒《ふうとう》にいれた。

キャラクターものとか、チェックのレターセットとかもあったけど、シンプルな無地《むじ》のグリーンにした。

男《おとこ》の子《こ》はこういうほうが受《う》け取《と》りやすいんじゃないかな？

机《つくえ》の上《うえ》の目覚《めざ》まし時計《どけい》を見《み》ると、もう9時《じ》だった。

つい5時間《じかん》ぐらい前《まえ》はひかりといっしょだったんだ。

そう考《かんが》えると、夜《よる》なのに気持《きも》ちがふわふわしてくる。この机《つくえ》だけ陽《ひ》だまりみたい。

ひかりは、おみくじのこともお守《まも》りのことも覚《おぼ》えていなかった。

花火《はなび》の約束《やくそく》も聞《き》きたかったんだけど、もう、だめだと確信《かくしん》した。

ひかりは、どうやら、私《わたし》と会《あ》ったころをまったく覚《おぼ》えてないようだ。

事故《じこ》にあったのって、午前中《ごぜんちゅう》で、おばあちゃんのおみまいに行《い》く途中《とちゅう》だったらしい。

でも、その日《ひ》は、ひかりは留守番《るすばん》を頼《たの》まれていて、病院《びょういん》に行《い》かなくていい日《ひ》だったんだって。

だから、おみまいじゃなくて、どこか別《べつ》のところに行《い》くはずだったのかもしれない。

けど、留守番《るすばん》をすっぽかしてどこに行《い》こうとしていたのかがわからない。

『それが、家族《かぞく》にもおれにも謎《なぞ》なんだ』

そう言《い》ってた。

だから、思《おも》い切《き》って言《い》ってみた。

その日《ひ》は私《わたし》の退院《たいいん》の日《ひ》だったかもって。

ひかりはおどろいていた。でも、そうだと、おれの謎《なぞ》がすっきりするって！

すると、自然《しぜん》に、どちらが言《い》いだすわけでもなく、連絡先《れんらくさき》を交換《こうかん》しあおうってことになった。

ひかりは、当時《とうじ》のことが思《おも》い出《だ》せなくて生活《せいかつ》するうえで困《こま》ることはないらしい。（それ聞《き》いたとき、こっちはちょっとショックだった。だって、私《わたし》のこと思《おも》い出《だ》せなくてもどうでもいいみたいで。考《かんが》えすぎだけど、考《かんが》えちゃうよ）

でも、ここでまた会《あ》えたのもなにかの縁《えん》だって。

そこで、一《ひと》つ問題《もんだい》が起《お》きた。二人《ふたり》とも携帯《けいたい》持《も》ってないんだよね。

うちのお母《かあ》さんもなんだけど、ひかりのお母《かあ》さんも「中学《ちゅうがく》まではいらない」っていう考《かんが》えなの。

私《わたし》は家《いえ》の電話番号《でんわばんごう》を交換《こうかん》しようって言《い》ったんだけど、ひかりったら、『妹《いもうと》が出《で》たら、同《おな》じ学校《がっこう》のふりしてくれ』とか言《い》いだしてきたの！

なんでも、妹《いもうと》がおませちゃんみたいで、クラスの女《おんな》の子《こ》から電話《でんわ》がかかってきたってだけで、いろいろ聞《き》いてくるから、ちがう学校《がっこう》の女子《じょし》から電話《でんわ》なんて大変《たいへん》なことになるって。

だから、電話《でんわ》じゃなくて住所《じゅうしょ》を教《おし》えあって文通《ぶんつう》することにした。

ちょうど、うちの場合《ばあい》、郵便物《ゆうびんぶつ》は私《わたし》がポストから出《だ》すのが日課《にっか》だし。

けど、この方法《ほうほう》も問題発生《もんだいはっせい》。

ひかり、なんて言《い》いだしたと思《おも》う？

『えええ～。手紙《てがみ》～。年賀状《ねんがじょう》しか書《か》いたことねえよ』

だって。男《おとこ》の子《こ》ってそうなのかな？　だから、返事《へんじ》は気《き》がむいたときでいいからって。

メモに住所《じゅうしょ》と名前《なまえ》書《か》いて交換《こうかん》しあったら、ひかり、『あ、この名前《なまえ》いいな。男子《だんし》でも未《み》来《らい》っているよな』だって。

びっくりした。だって、一年前《ねんまえ》は私《わたし》の病室《びょうしつ》に平気《へいき》でとつぜん遊《あそ》びに来《き》てくれたのに、家《か》族《ぞく》の目《め》とか気《き》にするんだ！

やっぱり、一年《ねん》って、大《おお》きい。

「未来《みらい》、起《お》きてる？」

ドアが開《あ》き、お母《かあ》さんがはいってきた。

「え？　な、なに？」

私《わたし》は手紙《てがみ》の上《うえ》に、あわてて近《ちか》くにあったノートや教科書《きょうかしょ》をばさばさとのせ、かくした。

「どうしたの？」

「せ、整理整頓《せいりせいとん》？」

お母《かあ》さんは目《め》をまるくしていた。やだ、ひかりのこと言《い》えない！

「これ、忘《わす》れてたんだけど、買《か》っておいたの。これからの季節《きせつ》いいんじゃない？」

お母《かあ》さんがわたしてくれたのは新《あたら》しい七分丈《ぶたけ》のデニムパンツだった。

ひざ関節《かんせつ》を冷《ひ》やさないほうがいいと、私《わたし》の服《ふく》はズボンか、ロングスカートが多《おお》い。ミニのときはレギンスかタイツは絶対《ぜったい》。

「悪《わる》くないね。でも、もっとパーッとしたやつとか、かわいいのがよかったかも」

「そうなの？　未来《みらい》、いかにもかわいいっていう服《ふく》ははずかしいって言《い》ってるから」

「趣味《しゅみ》かわったの」

「いつ？」

「今日《きょう》から！」

自分《じぶん》でもびっくりするような明《あか》るい声《こえ》だった。

「ええ！　さては、サッカーの試合《しあい》でよほど楽《たの》しいことがあったな」

お母《かあ》さんは笑《わら》いながら、ドアを閉《と》じた。

あわてておいたノートや本《ほん》の下《した》から、手紙《てがみ》を取《と》りだす。

楽《たの》しいことあったよ。でも、お母《かあ》さんにはないしょ！

ううん、世界中《せかいじゅう》のだれにもないしょ！

10章《しょう》　手紙《てがみ》　未来《みらい》へ

翌朝《よくあさ》。

学校《がっこう》に行《い》く途中《とちゅう》、ポストの前《まえ》で立《た》ち止《ど》まる。手紙《てがみ》を投函《とうかん》すると、手《て》を合《あ》わせた。

無事《ぶじ》に届《とど》きますように。それと、返事《へんじ》も来《き》ますように。

「ポストに、なに、祈《いの》ってる？」

びくんと、ふりむくと、静香《しずか》だった。

「静香《しずか》……。おはよう」

「未来《みらい》、あんた、あれから、龍斗《りゅうと》と帰《かえ》ってきたの？」

「え？」

「え？　って。龍斗《りゅうと》、初《はじ》めて来《き》た場所《ばしょ》から一人《ひとり》で帰《かえ》ってこさせるのはよくないって、次《つぎ》のバス停《てい》でおりて、歩《ある》いてあの公園《こうえん》までもどっていったんだけど」

「ええ！」

さっきよりも大《おお》きな声《こえ》の「え」が出《で》てしまった。

「知《し》らないの？　じゃあ、会《あ》わなかったってことか」

「うん」

「じゃあ、質問《しつもん》かえる。お母《かあ》さんにお土産《みやげ》って、なに買《か》った？」

心臓《しんぞう》が音《おと》をたてた。まずい。どうしよう。

「いいのが、なにも、なくて……」

「なんで、ウソつくの？」

心臓《しんぞう》の音《おと》がはげしくなる。

静香《しずか》はおこっていた。

そうだよね。みんなでいっしょに帰《かえ》る約束《やくそく》やぶったんだもん。

どうしよう。ひかりのことを話《はな》す？　でも、今《いま》、言《い》ったら、龍斗《りゅうと》のこともあって、大《おお》さわぎになる気《き》がする。タイミングが悪《わる》すぎる。

考《かんが》えている間《あいだ》に静香《しずか》が言《い》ってきた。

「今度《こんど》はだんまりか。もういいよ。一人《ひとり》の世界《せかい》、やってなよ」

「一人《ひとり》の世界《せかい》って！　なんでもかんでも、静香《しずか》みたいにポンポン、明《あか》るくおもしろく説明《せつめい》できないよ」

「ふん。明《あか》るくおもしろいっていうのは、ばかと同《おな》じってことでしょ！」

「ちがう！」

そのとき。

「おいおい。なに、二人《ふたり》とも真《ま》っ赤《か》な顔《かお》でけんかしてるんだよ。ポストが三《みっ》つあるみたいだぞ」

ふざけたことを言《い》いながら、龍斗《りゅうと》が話《はなし》にはいってきた。

「遅刻《ちこく》するから、行《い》こうぜ。けんかは昼休《ひるやす》みにやれよ」

龍斗《りゅうと》は私《わたし》たちをなだめ、学校《がっこう》に誘導《ゆうどう》した。

「龍斗《りゅうと》、もどったのに無駄足《むだあし》だったたんだって？」

「静香《しずか》、しゃべったのか？　なんでもかんでもしゃべるなよ」

「ご、ごめんね。龍斗《りゅうと》」

「いいよ、未来《みらい》はあやまらなくて。おれが勝手《かって》にもどっただけだから」

龍斗《りゅうと》が笑《わら》い、校門《こうもん》をくぐると同時《どうじ》にチャイムが鳴《な》る。

あぶない、あのままだと遅刻《ちこく》していたんだ。

ふと、龍斗《りゅうと》を見《み》た。

この人《ひと》、私《わたし》たちのけんかを仲裁《ちゅうさい》し、遅刻《ちこく》させないように連《つ》れてきてくれたんだ。ひかりとはぜんぜんちがうけど、同《おな》じキャプテン気質《きしつ》で、いろんなことが見《み》られる人《ひと》なのかも。

その日《ひ》の一時間目《じかんめ》は体育《たいいく》で跳《と》び箱《ばこ》だった。

若林先生《わかばやしせんせい》に「無理《むり》しないこと」って言《い》われたのに、静香《しずか》とけんかしたことでいらいらして、夢中《むちゅう》で6段《だん》を跳《と》び続《つづ》けてしまった。


ひかりに手紙《てがみ》を出《だ》し、静香《しずか》とけんかをした翌日《よくじつ》、火曜日《かようび》。

お母《かあ》さんの車《くるま》で病院《びょういん》に行《い》くことになってしまった。

朝《あさ》、起《お》きたら、ひざが痛《いた》くて、あと微熱《びねつ》が出《で》たから。

昨日《きのう》の跳《と》び箱《ばこ》、がんばりすぎたんだと思《おも》う……。

病院《びょういん》は基本《きほん》、月一回《つきいっかい》ペースで通《かよ》っているんだけど、今日《きょう》みたいに突発的《とっぱつてき》に悪《わる》くなると、また、行《い》くことになってしまう。

どこの病院《びょういん》でもいいわけではなく、専門《せんもん》の大学病院《だいがくびょういん》に通《かよ》い続《つづ》けないといけない。

家《いえ》から遠《とお》いし、うんと待《ま》たされるから、だいたい、一日《にち》つぶれちゃう。

もちろん、学校《がっこう》は休《やす》む。

待合室《まちあいしつ》でたくさんの患者《かんじゃ》さんと座《すわ》るたびに、一生続《いっしょうつづ》くのかなって、ふうってため息《いき》が出《で》てしまう。

となりに座《すわ》っているお母《かあ》さんは眠《ねむ》いみたいで船《ふね》をこいでいた。

お母《かあ》さんは今日《きょう》みたいに突発的《とっぱつてき》に病院《びょういん》に行《い》かないといけなくなると、いつも、まず、職《しょく》場《ば》に電話《でんわ》してぺこぺこあやまっている。

そういうの、娘《むすめ》としては胸《むね》が痛《いた》い……。

「あんまり、無茶《むちゃ》しないこと。熱《ねつ》が下《さ》がったら、学校《がっこう》に行《い》ってね」

お医者《いしゃ》さんにそう言《い》われ、それから数日《すうじつ》は学校《がっこう》を休《やす》むことになってしまった。

学校生活《がっこうせいかつ》から取《と》り残《のこ》されるんじゃないかとか、静香《しずか》とけんかしたこととか、家《いえ》の中《なか》で一人《ひとり》、悶々《もんもん》としたまま、水曜日《すいようび》、木曜日《もくようび》とすぎていった。


そして、金曜日《きんようび》の夕方《ゆうがた》。

お母《かあ》さんがいないのでいつもどおり、ポストに郵便物《ゆうびんぶつ》を取《と》りに行《い》った。

その日《ひ》の郵便物《ゆうびんぶつ》はやたら多《おお》くて、取《と》りだしたあと、リビングのテーブルにばさばさと乱《らん》雑《ざつ》におく。

お母《かあ》さんの使《つか》っている携帯電話《けいたいでんわ》の会社《かいしゃ》からの手紙《てがみ》、デパートからバーゲンセールのお知《し》らせ、宅配《たくはい》ピザ今月《こんげつ》のメニュー。

どこかで期待《きたい》していた。これだけあるんだから、私《わたし》の一番《いちばん》欲《ほ》しいものが中《なか》にあるんじゃないかと。

けど、なかった。

そうだよね、月曜《げつよう》の朝《あさ》、出《だ》したから届《とど》いたとしても火曜日《かようび》。

今日《きょう》、まだ、金曜日《きんようび》だもん。

ところが……。

二《ふた》つに折《お》られたピザのメニューの間《あいだ》に茶封筒《ちゃぶうとう》がはさまれていた。

前田未来様《まえだみらいさま》

この、いかにも男子《だんし》な字《じ》。あわてて差出人《さしだしにん》を見《み》るとそこには……。

大木《おおき》ひかり

そこだけが本当《ほんとう》に光《ひか》っているみたいにぴかぴかしていた。

胸《むね》に当《あ》て、抱《だ》きしめる。来《き》た、返事《へんじ》、来《き》た！

「どうしよう、どうしよう、どうしよう！」

どうしようって、私《わたし》が返事書《へんじか》いてってたのんだくせに。なに、3回《かい》も口《くち》にしてるの！

ええと、いつ読《よ》めばいいの？　やっぱり、今《いま》？　それとも寝《ね》るまえ？　そのほうがロマンティック？　でも、やっぱり今《いま》かな！

落《お》ちつこうと、洗面台《せんめんだい》で手《て》を洗《あら》い、うがいをした。

そして、リビングのソファに座《すわ》り、心臓《しんぞう》に鐘《かね》でもあって、だれかがカンカン鳴《な》らしているかのような気持《きも》ちで、はさみで封《ふう》を切《き》る。

二《ふた》つに折《お》られた白《しろ》い便《びん》せんを開《ひら》くと……。

未来《みらい》へ

手紙《てがみ》ありがとう。年賀状《ねんがじょう》しか書《か》いたことないけど、今《いま》から、がんばって書《か》くぞ！
まずはちょうさほうこく。
お守《まも》りのこと。押入《おしい》れからなにからなにまでさがしたけどなかった。残念《ざんねん》！
次《つぎ》に実験《じっけん》けっか。
アイスキャンディーをたくさん食《く》ってみた。なにか、思《おも》い出《だ》せるかと考《かんが》えて。
でも、だめだった。
一度《いちど》とかしてまた凍《こお》らせたのも食《た》べた。けど、だめだ。
というわけで、ぜんぜん、思《おも》い出《だ》せないけど、おまえのことが、無性《むしょう》に気《き》になる。
よかったら、また、手紙《てがみ》くれ。
どんな話《はなし》でもいいからさ！

ひかりより

手紙《てがみ》を持《も》つ手《て》がかすかにふるえた。

なんでだろう、目《め》の奥《おく》がじんわり熱《あつ》くなってくる。

字《じ》は汚《きたな》いし、ええ、男子《だんし》ってこんななのって笑《わら》っちゃう気持《きも》ちもある。

でも、ひかりのまっすぐさは、いつでも私《わたし》の心《こころ》をがしっとつつんでくれる。

私《わたし》の悶々《もんもん》としたいやな気持《きも》ちにひとすじの光《ひかり》をあたえてくれる。

一年前《ねんまえ》も、再会《さいかい》したときも。

おまえのことが無性《むしょう》に気《き》になる。

私《わたし》はここをなんどもなんども読《よ》みかえした。

約束《やくそく》もお守《まも》りも、もうどうでもいい。

ひかりと今《いま》、この瞬間《しゅんかん》、つながっていられれば、もう、なにもいらない。

胸《むね》がいっぱいになると、一《ひと》つの考《かんが》えが頭《あたま》に浮《う》かんだ。

ひかりが覚《おぼ》えていないなら、思《おも》い切《き》って、自分《じぶん》から「一年前《ねんまえ》に出会《であ》った病院《びょういん》の近《ちか》くで、花火大会《はなびたいかい》がある。いっしょに行《い》かない？」って返事《へんじ》に書《か》いてみようかな。

どうする……？

11章《しょう》 うちあけ話《ばなし》

ピンポーン。

ひかりからの手紙《てがみ》を読《よ》んでいるとチャイムが鳴《な》った。

玄関《げんかん》のドアを開《あ》けると、静香《しずか》がうでを組《く》んでいた。

「おみまい、来《き》てやったぞ」

「静香《しずか》……」

「なに、人《ひと》の顔《かお》、じっと見《み》て。いやなら帰《かえ》るよ」

「ちがうよ！　とにかく上《あ》がって」

静香《しずか》のうでをつかみ、強引《ごういん》に家《いえ》にいれた。

「はあ？　なんか、えらく行動的《こうどうてき》だね？　本当《ほんとう》に病気《びょうき》？」

微熱《びねつ》があったけど、ひかりの手紙《てがみ》と静香《しずか》の登場《とうじょう》でぶっとんでしまった。

むしのいい考《かんが》えかもしれないけど、ひかりからの手紙《てがみ》が静香《しずか》と仲直《なかなお》りのチャンスをくれたように思《おも》えた。

静香《しずか》にはリビングのソファに座《すわ》ってもらった。

「静香《しずか》の好《す》きなお菓子《かし》、まだ残《のこ》ってた」

ビスケットを箱《はこ》ごと出《だ》し、静香《しずか》の横《よこ》に座《すわ》った。

「いただきます」

ビスケットをかじる静香《しずか》のとなりで、私《わたし》は背《せ》すじをのばした。

「静香《しずか》、ごめん！　バスから勝手《かって》におりたのには理由《りゆう》がある。お母《かあ》さんのお土産《みやげ》はウソ」

静香《しずか》はまるいビスケットを半分《はんぶん》口《くち》にいれたまま、私《わたし》を見《み》た。

「ひかりに会《あ》いに行《い》ったの。だから、バスをおりたの」

「は？　ひかり？」

「相手《あいて》チーム、ファイターズのキャプテンでエースの子《こ》」

静香《しずか》は、ぱっと目《め》を見開《みひら》き、残《のこ》りのビスケットをリスみたいにばりばりと食《た》べ終《お》え、無《む》理《り》やり飲《の》みこんだ。

「あの、ゴール決《き》めた子《こ》？」

「うん」

「知《し》り合《あ》いだったの!?」

「うん」

「なんで、知《し》り合《あ》い!?　どこで知《し》り合《あ》い!?」

どんどん興奮《こうふん》していく静香《しずか》をなだめるように、ひかりとの出会《であ》い、約束《やくそく》、この一年間《ねんかん》、どれだけひかりとの約束《やくそく》を、それだけを支《ささ》えにしてきたか、そして、思《おも》い切《き》ってひかりの記憶《きおく》が一部《いちぶ》、抜《ぬ》けていることまで話《はな》した。

話《はな》しながら、おどろいた。

私《わたし》は、ずっとひかりとのことは、できるだけだれにも話《はな》したくないこととしていた。

だけど、それは、だれかに話《はな》したくてたまらないことでもあったんだ。

特《とく》に、静香《しずか》に。

一気《いっき》にすべてを話《はな》し終《お》えたあと、私《わたし》は静香《しずか》の反応《はんのう》をどきどきしながら待《ま》った。

静香《しずか》は、なにもしゃべらなかった。

箱《はこ》からビスケットを1枚《まい》取《と》りだし食《た》べた。そして、また、1枚《まい》食《た》べる。なにもしゃべらない。ただ、食《た》べ続《つづ》ける。

やっと4枚目《まいめ》で「へえ、そういうことあるんだね」「へえ、なんかすごいね」とたんたんと口《くち》にしていた。

意外《いがい》だった。

私《わたし》は静香《しずか》のことだから、いきなり窓《まど》を開《あ》けて、「みなさ〜ん、ここにいる前田未来《まえだみらい》は恋《こい》なんか興味《きょうみ》ないですって顔《かお》して、男子《だんし》と約束《やくそく》してます〜しかも一年間《ねんかん》！」と大声《おおごえ》を出《だ》すとか、すごいテンションの高《たか》い反応《はんのう》をするんじゃないかと予測《よそく》していた。

だから、静香《しずか》のこのたんたんさというか、テンションの低《ひく》さは予想外《よそうがい》で、かえってとまどってしまう。

静香《しずか》が言《い》った。

「意外《いがい》すぎる」

え……？　意外《いがい》なのはこっちなんだけど……？

「未来《みらい》が恋《こい》とかしていたなんて」

「そ、そんな、恋《こい》なんて、おおげさなものじゃあ」

「一年後《ねんご》に会《あ》いましょう！　それが恋《こい》じゃなくて、なんなのよ！」

静香《しずか》は私《わたし》の胸《むな》ぐらでもつかむような勢《いきお》いだった。

「ちょ、ちょっと」

なんか、静香《しずか》おかしいんだけど……。

「真面目《まじめ》な未来《みらい》がそんな情熱的《じょうねつてき》な秘密《ひみつ》をずっと胸《むね》の奥《おく》に秘《ひ》めていたなんて……。うちなんて、好《す》きな男子《だんし》すらいないのに」

はっとした。

そうだ。私《わたし》、ひかりのこと、ずっと静香《しずか》に話《はな》してこなかったけど、静香《しずか》からも、そういう話聞《はなしき》いたことない……。

「しかも、未来《みらい》、龍斗《りゅうと》からも告白《こくはく》されて。うち、なにもない。どう見《み》ても、うちのほうが恋《こい》とか男子《だんし》とかと縁《えん》ありそうなのに！　あ！　今《いま》、思《おも》った。いっしょにいるときも、未来《みらい》はひかりって子《こ》のことを考《かんが》えていて、一人《ひとり》の世界《せかい》にはいって、うちを、目《め》の前《まえ》にいるうちを無視《むし》してたんだ！　ひどい！　うちはいつも未来《みらい》といっしょにいて、ひかりは未来《みらい》と別《べっ》の学校《がっこう》なのに〜」

静香《しずか》が足《あし》をばたばたと動《うご》かした。

まさか、今《いま》まで生《い》きてきて、一番《いちばん》、度胸《どきょう》いったと言《い》っても過言《かごん》ではないぐらい、一生懸《いっしょうけん》命話《めいはな》したあとの静香《しずか》の反応《はんのう》が、答《こた》えが、こうだとは！

「未来《みらい》！　だいたい、あんた冷《つめ》たいよ！　そんなすごい爆弾《ばくだん》みたいな秘密《ひみつ》、もっと早《はや》く、親友《しんゆう》のうちに言《い》ってよ！」

「ごめん。なんだか、こわくて。病気持《びょうきも》ってると、かまえちゃうの。必要以上《ひつよういじょう》に、臆病《おくびょう》になったり、神経質《しんけいしつ》になったり。気《き》がつくと、元気《げんき》な子《こ》と一線引《いっせんひ》いたり」

「はあ〜！　まさか、その一線引《いっせんひ》いちゃう元気《げんき》な子《こ》にうちもはいってるとか？」

「そういうときも、あったかも」

「おかしい！　他《ほか》の子《こ》はともかく、うちと未来《みらい》の間《あいだ》に線《せん》があるのはおかしい！」

静香《しずか》はおかしいを、なんどもくりかえしてくれた。

それがたまらなくうれしかった。

「そうだよね。おかしいよね」

「未来《みらい》、うちのこと好《す》き？　本当《ほんとう》はきらいなんじゃないの？」

「好《す》きだよ、大好《だいす》きだよ」

月曜日《げつようび》、けんかしたのに、びっくりするぐらい素直《すなお》に本音《ほんね》が口《くち》に出《だ》せた。

「うちも、未来好《みらいす》き！　ようし、だったら、未来《みらい》の恋《こい》を応援《おうえん》してあげる！」

「静香《しずか》！」

私《わたし》は、静香《しずか》に抱《だ》きついた。

「あんた、なにかというとうちに抱《だ》きつくけど、そのうち、ひかりにも抱《だ》きつくぞ」

「そんなことしないよ！」

おこると静香《しずか》が笑《わら》った。

12章《しょう》 書《か》けない返事《へんじ》

体調《たいちょう》もだいぶよくなったので、ひかりに返事《へんじ》を書《か》こうと、机《つくえ》にむかって便《びん》せんを取《と》りだした。

静香《しずか》にひかりの話《はなし》をしたとき、強《きょう》れつなアドバイスをもらった。

「むこうが忘《わす》れてるなら、こっちから言《い》えばいいだけじゃん。そうだ、手紙《てがみ》より、会《あ》って言《い》ったほうがいいかもね」

会《あ》って伝《つた》えるって発想《はっそう》は私《わたし》にはなかった。

さすが、静香《しずか》。

心《こころ》を落《お》ちつけ、ペンをにぎった。

やだ、急《きゅう》にかまえちゃって。

だって、会《あ》ってくれないかもしれないし。

もし、会《あ》えて話《はな》しても、今《いま》さらそんなこと言《い》われてもって困《こま》られるかもしれないし。

ペンが動《うご》かない。

ひかり。今《いま》まで、一番《いちばん》気持《きも》ちを伝《つた》えやすい相手《あいて》だったのに、急《きゅう》に、一番《いちばん》かまえる相手《あいて》になっちゃった。どうして……。

ペンをおいた。


それからというもの。

結局《けっきょく》、ひかりへの手紙《てがみ》は書《か》けないまま。

静香《しずか》は二人《ふたり》になると、すぐに、そのことにつっこんできて、「じれったい！　うちがかわりに書《か》いてやる」と、なんども言《い》っていた。

私《わたし》も、自分《じぶん》が自分《じぶん》でじれったい。もどかしくてたまらない。

学校《がっこう》の帰《かえ》り、顔《かお》を上《あ》げるとどんよりとしたくもり空《ぞら》だった。

自分《じぶん》のなかのいらだち、もどかしさみたいな灰色《はいいろ》。

なにやってるんだろう、私《わたし》。

すると、急《きゅう》にぽつぽつと雨《あめ》が降《ふ》りだしてきた。

よく考《かんが》えたら、今日《きょう》から6月《がつ》だっけ。

そのあとは夏《なつ》。

待《ま》ちに待《ま》ったひかりとの約束《やくそく》。でも、本当《ほんとう》にはたせる？

まずいな。傘《かさ》ないのに、だんだん、雨強《あめつよ》くなってきた。ただでさえ、ちょっと寒《さむ》かったり、冷《ひ》えたりするだけで、あちこち痛《いた》くなるやっかいな体《からだ》なのに。もう！

走《はし》りだそうとすると、頭《あたま》の上《うえ》に傘《かさ》が見《み》えた。

ふりむくと、龍斗《りゅうと》だった。

「送《おく》るよ」

「え……」

「濡《ぬ》れると体《からだ》によくないんじゃない？　また、学校休《がっこうやす》むことになったりするかも」

「あ……」

たしかに、いれてもらえると助《たす》かる。

「はい、決《き》まり。出発《しゅっぱつ》」

龍斗《りゅうと》の傘《かさ》にはいって送《おく》られる形《かたち》になった。

助《たす》かるけど、いいのかな、これ？

歩《ある》いている最中《さいちゅう》に、龍斗《りゅうと》が言《い》った。

「あのさ、おれ、未来《みらい》のことにやにやなんて見《み》てないから。そういうんじゃないから、そこだけはわかってよ」

「う、うん。わかった。じゃあ、私《わたし》もわかってほしいことがある」

「え？」

「あのね。私《わたし》が、からかわれてるって思《おも》ったのは、極端《きょくたん》に臆病《おくびょう》だから。きっと元気《げんき》で自信《じしん》のある女《おんな》の子《こ》なら、もっと素直《すなお》に受《う》け止《と》められていたんだと思《おも》う。自信《じしん》がないとか臆病《おくびょう》とか、あんまりいいことじゃないね」

ストレートに言《い》いすぎたかな？

ちらりと龍斗《りゅうと》を見《み》ると、真面目《まじめ》にうなずいてくれていた。

「そっか……。そういうのあるんだろうな。ねえ、大木《おおき》ひかりとは友《とも》だちなの？」

「え、なんで……」

「見《み》ちゃったんだ。試合《しあい》のあと、未来《みらい》を追《お》いかけたら、ファイターズのキャプテンとベンチに座《すわ》って話《はな》してたとこ。つきあってるの？」

「そ、そんなんじゃない！　5年生《ねんせい》のとき、入院《にゅういん》して、そこで友《とも》だちになって。あの日《ひ》は久《ひさ》しぶりに会《あ》って」

なに、ムキになっているんだろう。

「そっか、昔《むかし》の知《し》り合《あ》いってだけか」

「そ、そう」

本当《ほんとう》にこの説明《せつめい》でいいの？　5年生《ねんせい》のときの知《し》り合《あ》いって説明《せつめい》だけでいいの？

どうすればいい？　悩《なや》んでいる間《あいだ》に、家《いえ》の前《まえ》に着《つ》いてしまった。

「送《おく》ってくれて、ありがとう」

「いや」

「あの……！　ひかりとは、手紙《てがみ》のやりとりをしているの」

龍斗《りゅうと》と目《め》が合《あ》う。

「なんていうか……この一年間《ねんかん》、ひかりが私《わたし》の支《ささ》えで、すべて！」

言《い》った瞬間《しゅんかん》、自分《じぶん》で自分《じぶん》の口《くち》をおさえると、龍斗《りゅうと》の瞳《ひとみ》の色《いろ》がかわった。

ばか。なに言《い》ってるの！

人《ひと》に説明《せつめい》してるんだから、もっとやわらかく。オブラートにつつんで！

そんな大胆《だいたん》なことは、自分《じぶん》で心《こころ》の中《なか》で一人勝手《ひとりかって》に、思《おも》っていればいいことで。

ううん、ちがう。

一人勝手《ひとりかって》に思《おも》ってるから、今《いま》、思《おも》わず、龍斗《りゅうと》に言《い》ってしまったんだ。

「ごめんなさい」

体《からだ》を曲《ま》げてあやまると、地面《じめん》に雨《あめ》がたたきつけるのが見《み》えた。

「濡《ぬ》れるよ、送《おく》った意味《いみ》なくなる」

あわてて、顔《かお》を上《あ》げると、龍斗《りゅうと》は、きっちりと、玄関《げんかん》のすぐ前《まえ》まで、雨《あめ》にあたらないよう、傘《かさ》にいれて、送《おく》ってくれた。

「おれにできることあったら、なんでも言《い》って」

「え……」

「おれ、フットワーク軽《かる》いし、案外《あんがい》、役《やく》に立《た》つかもよ。じゃあ！」

龍斗《りゅうと》はそう言《い》って背中《せなか》を見《み》せた。

「あ、ありがと！」

ひさしの下《した》から声《こえ》を出《だ》すと、龍斗《りゅうと》は傘《かさ》をゆらしてくれた。

13章《しょう》　約束《やくそく》のための約束《やくそく》

未来《みらい》へ

前《まえ》の手紙《てがみ》を出《だ》してから、新情報《しんじょうほう》がはいった。

一年前《ねんまえ》の夏《なつ》、花火《はなび》の夜《よる》、なんと、妹《いもうと》が（瑠璃子《るりこ》って名前《なまえ》なんだけど）名前《なまえ》でひくおみくじをおれがひいたのを覚《おぼ》えてるって言《い》うんだ。

妹《いもうと》はおれに自分《じぶん》のぶんも買《か》ってくれって言《い》ったんだけど、おれはこづかいが足《た》りなくて、じいちゃんに買《か》ってもらったとか、なんとか。

たぶん、そのあとで、おれはおまえの病室《びょうしつ》に行《い》ったんだな。

けど、おみくじ持《も》って、みまいとかって、おれって、いいやつだな。（わらい）

こういうの、じがじさんって言《い》うんだよな。（漢字《かんじ》がわからねえや）

国語《こくご》のテスト51点《てん》のおれがここまでがんばったんだ。

返事《へんじ》、ぜったいにくれ。

ひかりより

ひかりへ

手紙《てがみ》、連続《れんぞく》で送《おく》ってくれてありがとう。すごくうれしかった。

なのに、返事《へんじ》、おそくなって、ごめん。

ちょっと具合悪《ぐあいわる》くなってた。

それでね、いきなりなんだけど。実《じつ》は、私《わたし》とひかり、一年前《ねんまえ》にある約束《やくそく》をしているんだ。

そこはね、手紙《てがみ》じゃなくて、ちゃんと、会《あ》って伝《つた》えたい。

ひょっとしたら、ひかりは「ええ？　そんなこと今《いま》さら言《い》われても困《こま》る」って思《おも》うかもしれない。
それならそれで、そのときに正直《しょうじき》に言《い》ってください。

未来《みらい》より

ペンをおき、読《よ》みかえす。
こっちが返事《へんじ》を書《か》くまえに、ひかりのほうから来《き》てしまった。
これは早《はや》く書《か》かないと。あせったせいか、ちょっと、大胆《だいたん》かな。
けど、龍斗《りゅうと》にひかりのことを説明《せつめい》したときに、思《おも》った。
一番伝《いちばんつた》えたい人《ひと》に、きちんと伝《つた》える。
それってとても大切《たいせつ》なことで、できないと、いろんなことが混乱《こんらん》してくる。
よし！
私《わたし》は便《びん》せんを折《お》りたたみ、住所《じゅうしょ》を書《か》いた封筒《ふうとう》にいれた。

未来《みらい》へ

なんだ、その約束《やくそく》って！　気《き》になって、しかたないぞ。
授業中《じゅぎょうちゅう》、そればかり考《かんが》えていて、先生《せんせい》におこられたじゃないか！
7月《がつ》のさいしょの日曜日《にちようび》。
あのときの公園《こうえん》のベンチ。9時《じ》にどうだ？　早《はや》いか？　じつは午後《ごご》、練習《れんしゅう》なんだ。
でも、どうしても、未来《みらい》に会《あ》いたい。

ひかりより

そして、待《ま》ちに待《ま》った返事《へんじ》が来《き》た。
私《わたし》は、その手紙《てがみ》を自分《じぶん》の部屋《へや》で読《よ》み、立《た》ち上《あ》がり、カレンダーにしるしをつけた。
あと3週間《しゅうかん》。３週間後《しゅうかんご》にひかりに会《あ》える。
すぐに「ＯＫ《オーケー》」と返事《へんじ》を書《か》き、ペンケースからおみくじを取《と》りだした。
未来《みらい》。想《おも》いが叶《かな》う名前《なまえ》。

14章《しょう》 もう、会《あ》えないかもしれない

私《わたし》は、今《いま》、最高《さいこう》に幸《しあわ》せです。

だって、明日《あした》、ひかりに会《あ》うから。

なにを着《き》ていけばいいんだろうって悩《なや》んでいたら、すごい偶然《ぐうぜん》というかラッキーなことが起《お》きました。

お母《かあ》さんに、ひかりと再会《さいかい》した日《ひ》の夜《よる》、かわいい服《ふく》が着《き》たい気分《きぶん》って言《い》ってたからって、本当《ほんとう》に買《か》ってきてくれたの。

白《しろ》にちかい、うす～いピンクのワンピース。すそは、ふわっとしている。

いいことがあったときって、どんどんいいことだらけになるんだ。

かごバッグあったよね。あの服《ふく》とかごバッグは似合《にあ》うはず。

もう、暑《あつ》いからそこに、汗《あせ》ふきシートいれていこう。ひかりが汗《あせ》かいてたら、わたそう。

当日《とうじつ》は朝《あさ》シャンとかしたほうがいいのかな。でも、まえに朝《あさ》にお風呂《ふろ》はいったら、熱出《ねつで》たんだよね。

いくら幸《しあわ》せだからって、あまり、いつもとちがうことしないほうがいいよね。

当日《とうじつ》、具合悪《ぐあいわる》くなったら、どうしようもない。

だから、いつもより、注意《ちゅうい》して、生活《せいかつ》してた。

なのに……。

ぴぴぴ。体温計《たいおんけい》が鳴《な》り、ベッドのそばにいるお母《かあ》さんに数字《すうじ》を見《み》ないでわたした。

こわい。

「38度《ど》3分《ぶ》か」

お母《かあ》さんの口《くち》にした数字《すうじ》は、私《わたし》を幸《しあわ》せの絶頂《ぜっちょう》から、どん底《ぞこ》にたたき落《お》としてくれた。

それだけじゃない。

関節《かんせつ》の節々《ふしぶし》が痛《いた》い。特《とく》に、ひざ。しかも息《いき》があらい、苦《くる》しい。

自分《じぶん》で、わかる。これ、もっと、熱上《ねつあ》がる。

「急《きゅう》に、気温上《きおんあ》がったからね。とりあえず、熱《ねつ》さまし、飲《の》もう」

お母《かあ》さんが錠剤《じょうざい》と水《みず》のはいったコップをわたしてくれた。

祈《いの》るように飲《の》みこむ。

お願《ねが》い。朝《あさ》になったら、すっかり元気《げんき》になっていて。

今《いま》、夜《よる》の9時《じ》。

12時間後《じかんご》には、昨日《きのう》の夜《よる》はなんだったの？　ってことになっていて。

ひかり、お願《ねが》い！　明日《あした》、一日《にち》だけ、ひかりの力《ちから》で元気《げんき》にして。

あさってからはまた具合悪《ぐあいわる》くていいから。ずっと38度《ど》でいいから。

「このまま、寝《ね》てるのよ」

お母《かあ》さんが電気《でんき》を消《け》して部屋《へや》を出《で》ると、真《ま》っ暗《くら》になった。

暗闇《くらやみ》がこわかった。夜《よる》になれば、寝《ね》るときには電気《でんき》を消《け》す。

あたりまえのことなのに、いつものことなのに、今日《きょう》は、この真《ま》っ暗《くら》な部屋《へや》がこわくてたまらない。

ひかり、助《たす》けて。ひかり、こわいよ。ひかり、明日《あした》、絶対《ぜったい》に会《あ》えるよね。

体《からだ》が熱《あつ》い、痛《いた》い。大丈夫《だいじょうぶ》、明日《あした》になれば、絶対《ぜったい》に治《なお》ってる。

想《おも》いが叶《かな》う名前《なまえ》、未来《みらい》。そうだ、私《わたし》の想《おも》いは叶《かな》うんだ。信《しん》じて目《め》を閉《と》じた。


待《ま》ち合《あ》わせ場所《ばしょ》の公園《こうえん》は、暑《あつ》かった。

お母《かあ》さんに買《か》ってもらった服《ふく》を着《き》て、きょろきょろしていると、ひかりが汗《あせ》をかきながら走《はし》ってきた。

私《わたし》は、汗《あせ》ふきシートを取《と》りだし、手《て》わたす。

さんきゅー。まぶしい日差《ひざ》しの下《した》、ひかりが笑《わら》った。

ねえ、花火《はなび》見《み》に行《い》かない？

行《い》く行《い》く！


はっ！　と目《め》が覚《さ》めた。

私《わたし》はまだ、ベッドの上《うえ》にいた。なんだ、夢《ゆめ》？

カーテンのすきまからまぶしい日差《ひざ》しがはいりこんでくる。

もう、朝《あさ》だ。机《つくえ》の上《うえ》の目覚《めざ》まし時計《どけい》を見《み》た。

目《め》を瞬《またた》かせる。

そのあと、さらに、なんども目《め》をこすった。

でも、なんど目《め》を瞬《またた》かせても、なんどこすっても、時《と》計《けい》のしめす数《すう》字《じ》はかわらなかった。

12時《じ》14分《ふん》。

ウソ……。もう、お昼《ひる》……。

「目《め》、覚《さ》めた？」

お母《かあ》さんがおぼんを持《も》ってはいってきた。

12時《じ》14分《ぷん》っていう数《すう》字《じ》をしめした時《と》計《けい》のとなりに、おぼんをのせ、体《たい》温《おん》計《けい》を私《わたし》のわきにいれた。

「お母《かあ》さん、この時《と》計《けい》、まちがってるよね」

「まちがってないわよ。未《み》来《らい》、覚《おぼ》えてない？　朝《あさ》の6時《じ》ぐらいにお母《かあ》さん、一《いち》度《ど》様《よう》子《す》見《み》に来《き》たら、熱《ねつ》上《あ》がっていて、また薬《くすり》飲《の》んで、寝《ね》たのよ」

「覚《おぼ》えてない……」

ぴぴぴと音《おと》が鳴《な》り、お母《かあ》さんは体温計《たいおんけい》をわきから取《と》りだした。

「37度《ど》5分《ぶ》か。少《すこ》し、落《お》ちついたけど、まだ、つらいでしょ？　フルーツヨーグルト作《つく》ったの。もっと、ボリュームのある、うどんとかのほうがいい？」

私《わたし》はなにも答《こた》えなかった。

「少《すこ》し食《た》べたほうがいいわ」

お母《かあ》さんは私《わたし》の上半身《じょうはんしん》を起《お》こしてくれた。スプーンでガラスのお皿《さら》にはいったフルーツヨーグルトを私《わたし》の口《くち》にいれてくれた。

人形《にんぎょう》のように、なんの感情《かんじょう》もないまま、飲《の》みこんだ。

二口《ふたくち》、三口《みくち》。

「ごめん、もういい」

「もうちょっと食《た》べよう」

「いらない」

「昨日《きのう》の夜《よる》からなにも食《た》べてないのよ？」

「いらないって言《い》ってるでしょ！」

部屋《へや》が一瞬《いっしゅん》、しんとした。

ヨーグルトをいれたガラスのお皿《さら》がコロコロとカーペットを転《ころ》がる音《おと》だけが聞《き》こえる。

我《われ》にかえると、ヨーグルトが布団《ふとん》やお母《かあ》さんの服《ふく》に飛《と》び散《ち》っていた。

「ごめん」

お母《かあ》さんから目《め》をそらした。

お母《かあ》さんに、ヨーグルトに八《や》つ当《あ》たりしてどうするのよ。

お母《かあ》さんに思《おも》い切《き》りおこられると思《おも》ったけど、ちがった。

「これだけ元気《げんき》なら大丈夫《だいじょうぶ》かな〜？　どうしたの？　こわい夢《ゆめ》でも見《み》たの？」

お母《かあ》さんは、せっせと、飛《と》び散《ち》ったヨーグルトをふいてくれた。

「ううん、すごくいい夢《ゆめ》だった」

「なのに、ご機嫌《きげん》ななめ？　あれ？」

お母《かあ》さんがカレンダーを見《み》た。今日《きょう》の日《ひ》を指《ゆび》さす。

「ひょっとして、今日《きょう》、友《とも》だちと約束《やくそく》してた？　静香《しずか》ちゃん？」

「あれ、まちがいだから。やっぱ、まだ、だるい。寝《ね》るね」

私《わたし》は横《よこ》になり、お母《かあ》さんに背《せ》をむけた。

「おなかすいたら、いつでも言《い》うのよ」

バタン。

お母《かあ》さんが部屋《へや》を出《で》て、階段《かいだん》をおりる音《おと》が聞《き》こえると、肩《かた》や背中《せなか》が勝手《かって》にうっうっと動《うご》きだした。

お母《かあ》さん、ごめんね。

ただね、今日《きょう》の約束《やくそく》はただの約束《やくそく》じゃなかったんだよ。

次《つぎ》の約束《やくそく》、私《わたし》を一年間《ねんかん》支《ささ》えてくれた約束《やくそく》につながっていく約束《やくそく》だったの。

ひかり、ごめんね。練習《れんしゅう》、間《ま》に合《あ》った？

本当《ほんとう》にごめんね。

枕《まくら》が涙《なみだ》でしめっていった。

15章《しょう》　さいごの手紙《てがみ》

あっというまに夏休《なつやす》みになった。
しかも、夏休《なつやす》み、最初《さいしょ》のお出《で》かけは病院《びょういん》。
静香《しずか》なんか、今日《きょう》から海《うみ》の近《ちか》くに住《す》んでいるおばあちゃんの家《いえ》でバカンスなのに。
ひかりもひょっとしたら、おばあちゃんの家《いえ》にまた行《い》ってるのかな？
ばか。もう、それは考《かんが》えない。
待合室《まちあいしつ》で軽《かる》く首《くび》をふると、お母《かあ》さんが、
「どこか、痛《いた》いの？」
と心配《しんぱい》してきた。
体調《たいちょう》は現在《げんざい》、今《いま》までの中《なか》で一番悪《いちばんわる》いので、お母《かあ》さんもなにかと神経質《しんけいしつ》になっている。
とにかくふらふらする。だるい。

診察《しんさつ》の結果《けっか》は貧血《ひんけつ》だった。

「どうしても、貧血《ひんけつ》になりやすい病気《びょうき》でね」

お医者《いしゃ》さんはそう言《い》いながら、私《わたし》の目《め》だとか、手《て》だとかを診《み》ていた。

「未来《みらい》ちゃん、楽《たの》しいことある？」

「え……」

「今《いま》、夏休《なつやす》みでしょ。当分《とうぶん》は安静《あんせい》が第一《だいいち》だけど、楽《たの》しいことがあったほうが体《からだ》にはいいんだよ」

楽《たの》しいこと、ちょっとまえまではありました。

思《おも》わず声《こえ》に出《だ》しそうになる。

「貧血《ひんけつ》になると、気持《きも》ちが弱《よわ》るから、楽《たの》しいこと考《かんが》えてね。気持《きも》ち弱《よわ》ると、どんな病気《びょうき》も悪《わる》くなっちゃうから」

お医者《いしゃ》さんにやさしくアドバイスしてもらうと、薬《くすり》を処方《しょほう》してもらい、お母《かあ》さんの車《くるま》で家《いえ》に帰《かえ》る。

パジャマに着《き》がえて、部屋《へや》で寝《ね》ているとせみの声《こえ》が聞《き》こえた。

一年前《ねんまえ》の夏《なつ》を思《おも》い出《だ》す。入院《にゅういん》していやなことだらけだった夏休《なつやす》みを。

でも、ひかりに会《あ》えた最高《さいこう》の夏休《なつやす》みを。

それにしても、だるい。ふらつく。

お医者《いしゃ》さんの言葉《ことば》じゃないけど、ひかりとの約束《やくそく》を守《まも》れなくて、気持《きも》ちが弱《よわ》くなってから、急《きゅう》に体《からだ》がだめになった感《かん》じがする。

あれから、夏休《なつやす》みまで学校《がっこう》にも行《い》ったり行《い》かなかったりで、静香《しずか》は心配《しんぱい》してよく来《き》てくれた。

そのたびに、この部屋《へや》の学習机《がくしゅうづくえ》の椅子《いす》に座《すわ》ったまま、

「なんで、電話番号《でんわばんごう》知《し》らないの！　なら、手紙《てがみ》、手紙《てがみ》をすぐに書《か》けばいいじゃん！」

と、椅子《いす》をぐるぐるまわしていた。

静香《しずか》の言《い》うとおりなんだけど。

わかっているんだけど……。

あやまりの手紙《てがみ》をすぐに出《だ》せばよかったんだけど……。

でも、その気力《きりょく》がもうない。

あの日《ひ》、目《め》が覚《さ》めたら時計《とけい》が待《ま》ち合《あ》わせ時間《じかん》をとっくにすぎていたとき。

ぷつん。

心《こころ》でそんな音《おと》がした。それは、もうだめだっていう音《おと》だった。

なにがだめなのか、うまく説明《せつめい》できないけど、もう、本当《ほんとう》に、心底《しんそこ》、そんなもんだよね、って思《おも》えてしまった。

今《いま》まではちょっと調子悪《ちょうしわる》いぐらい、なによ、これしき！　って気持《きも》ちで生活《せいかつ》していたんだけど、ひかりとの約束《やくそく》がだめになった日《ひ》から、そういう、未来《みらい》！　がんばれ！　っていう、自分《じぶん》を奮《ふる》い立《た》たせる気力《きりょく》がすっかり消《き》えてしまった。

読《よ》んだ本《ほん》に偶然《ぐうぜん》、書《か》いてあった。

こういうの、心《こころ》が折《お》れたって言《い》うらしい。

がちゃり。部屋《へや》のドアが開《あ》いた。

「お母《かあ》さん、仕事《しごと》、行《い》ってくるけどなにか、食《た》べたいものとかある？」

「別《べつ》に」

「そうだ。今《いま》、郵便物《ゆうびんぶつ》の整理《せいり》してたら出《で》てきたんだけど」

お母《かあ》さんが茶色《ちゃいろ》い封筒《ふうとう》をわたしてくれた。もしや……！　受《う》け取《と》るとまちがいなかった。

「〇〇区《く》なんて。ひかりちゃんとはどこで知《し》り合《あ》ったの？」

「あ……。サッカーの試合《しあい》で、むこうの応援団《おうえんだん》の子《こ》。チアガールやってた子《こ》。友《とも》だちになって」

よかった。女《おんな》の子《こ》だと思《おも》ってくれてる。

「へえ。楽《たの》しそうな子《こ》ね。ひょっとしたら、2、3週間《しゅうかん》ぐらいまえに来《き》てたかも。お母《かあ》さん、忙《いそが》しくて必要《ひつよう》なものしか目《め》を通《とお》してなくて。いけない、こんな時間《じかん》」

お母《かあ》さんはドタバタと家《いえ》を出《で》ていった。

封筒《ふうとう》を開《あ》ける。

未来《みらい》へ

なんで、こなかったんだ！

それだけだった。完全《かんぜん》に、おこってる。ごめん、ひかり。

返事《へんじ》、なんて書《か》けばいいんだろう。

私《わたし》は立《た》ち上《あ》がってカレンダーをめくった。

来月《らいげつ》、8月《がつ》12日《にち》。そこには小《ちい》さくハートが書《か》いてあった。

お正月《しょうがつ》にこのカレンダーをここにはったとき、しるしをつけたんだ。

だめだ、体《からだ》に力《ちから》がはいらない。もう、手紙《てがみ》を書《か》く気力《きりょく》もない。

そして、なにもできないまま、8月《がつ》をむかえようとしていた。


8月《がつ》になると、真《ま》っ黒《くろ》に日焼《ひや》けした静香《しずか》がお土産《みやげ》の干物《ひもの》を持《も》って、部屋《へや》に遊《あそ》びに来《き》てくれた。

「静香《しずか》、焼《や》けたね」

「げ！　未来《みらい》、顔色《かおいろ》、わる！」

静香《しずか》はそう言《い》った瞬間《しゅんかん》、しまった！　と口《くち》をおさえた。

「いいよ、いいよ、自分《じぶん》でも鏡《かがみ》見《み》るの、いやになるもん」

「ええ！　乙女《おとめ》がなんてこと言《い》ってるの！　おばさんに、干物《ひもの》とわかめわたしておいたから、あれ食《た》べれば元気《げんき》になるって！」

「そうだね」

干物《ひもの》より、静香《しずか》と話《はな》してるほうがずっと、エネルギーになるよ。

そう思《おも》った。

「ところで、その後《ご》、ひかりとはどうなってる？」

やっぱり、聞《き》かれちゃうよね。

答《こた》えようがなく、タオルケットの中《なか》で足《あし》をもぞもぞと動《うご》かすだけになってしまった。

「ひょっとして、あのまんま？」

「………」

「あちゃ～、なにやってるの！」

静香《しずか》が大《おお》きな声《こえ》を出《だ》しながら、視線《しせん》をふと動《うご》かした。

どうやら、カレンダーのしるしに気《き》がついてしまったようだ。

「これ、ひょっとして、約束《やくそく》の日《ひ》!?　あさってじゃん！」

静香《しずか》が立《た》ち上《あ》がり、カレンダーのその日《ひ》を指《ゆび》でぎゅっとおさえた。

「よし、ひかりのかわりに、うちといっしょに、その花火見《はなびみ》よう！　うちでがまんしろ！」

静香《しずか》と目《め》が合《あ》う。

一瞬《いっしゅん》、それ、悪《わる》くないかもと思《おも》う。

ところが……。

「あ、ごめ〜ん！　うち、この日《ひ》から、今度《こんど》はハワイなんだ」

「ええ！　いいなあ〜。海外《かいがい》、リッチ〜！」

「ほんと、ごめん！　親友《しんゆう》なのに、なんの役《やく》にも立《た》たなくてごめん」

「静香《しずか》、大丈夫《だいじょうぶ》。花火《はなび》はだめになったけど、ひかりとは秋《あき》になったら、会《あ》うことになってるの。それまで、私《わたし》は静養《せいよう》、ひかりはサッカー」

「ええ？」

「そうなの」

「早《はや》く言《い》ってよ！　一人《ひとり》であせってばかみたいじゃん！　もう！」

静香《しずか》はおこったかと思《おも》うと、笑《わら》っていた。

15
16
22
23

「そうだよね。このまんまじゃ、ひかりがかわいそうすぎる」

静香《しずか》はほっとしている。

静香《しずか》、ごめん、ぜんぶウソ。

でも、静香《しずか》に、なんの役《やく》にも立《た》たないなんて気持《きも》ちを持《も》たせたまま、ハワイに行《い》ってほしくなかった。

だって、テレビで見《み》たことしかないけど、ハワイって、すごくよさそうなところじゃない？　のびのびしてそうで、静香《しずか》にぴったりだし。

「じゃあさ、未来《みらい》。帰《かえ》ってきたら、宿題《しゅくだい》、また、見《み》せてもらっていい？」

「そのかわり、また、お土産《みやげ》お願《ねが》いね」

「うん！　ハワイは、ええと、チョコとナッツだっけ？　おいしいよ、きっと！」

静香《しずか》は笑《わら》っていた。

ごめん、静香《しずか》、ウソついちゃった。

たぶん、私《わたし》とひかりは、もう会《あ》うことはない。

その話《はなし》は、ハワイから帰《かえ》ってきてからね。

16章《しょう》 あきらめきれない気持《きも》ち

静香《しずか》がハワイに行《い》った日《ひ》。

それは、一年前《ねんまえ》の、あの約束《やくそく》の日《ひ》でもあった。

私《わたし》は、約束《やくそく》したあの日《ひ》から勝手《かって》に、この日《ひ》の朝《あさ》は、いつもと同《おな》じ朝《あさ》でもぜんぜんちがう朝《あさ》なんだろうって考《かんが》えていた。

でも、いつもどおりの朝《あさ》だった。

ふつうに朝起《あさお》きて、顔《かお》を洗《あら》って、ごはんを食《た》べて。

そのあともタオルケットにくるまっているだけ。

時間《じかん》はたんたんとすぎていく。

一人《ひとり》ぼっちのおそい昼食《ちゅうしょく》を食《た》べ終《お》えるとお皿《さら》を洗《あら》った。

窓《まど》からはいる日差《ひざ》しがまぶしい。

きっと、あっというまに、夕暮《ゆうぐ》れになるだろう。

そして、夜《よる》になり、花火《はなび》は打《う》ち上《あ》がり、今日《きょう》という日《ひ》は終《お》わってしまう。

私《わたし》がひかりとの約束《やくそく》をはたせなかったのは病気《びょうき》のせいじゃない。

自分《じぶん》の弱《よわ》さのせいだ。

自分《じぶん》の気持《きも》ちにつっ走《ぱし》れない弱《よわ》さを病気《びょうき》という二文字《ふたもじ》にして逃《に》げているのかもしれない。

だって、むこうがおこっていても、返事《へんじ》の一《ひと》つぐらい書《か》けるはず。

なのに、書《か》かなかったのは、今《いま》なら病気《びょうき》を理由《りゆう》にひかりとの約束《やくそく》はだめでしたと自分《じぶん》で自分《じぶん》に言《い》い訳《わけ》できるから。

もし、あの日《ひ》、熱《ねつ》が出《で》なくてひかりに会《あ》えて、こういう約束《やくそく》したんだよって言《い》ったとしても、ひかりに「ええ？　今《いま》さら言《い》われても」って拒否《きょひ》される可能性《かのうせい》だって十分《じゅうぶん》あったんだ。

今《いま》なら、それも病気《びょうき》で会《あ》えなかったから仕方《しかた》ないねと無理《むり》やり言《い》い聞《き》かせられる。

けど、本当《ほんとう》に、それでいい？

ひざを曲《ま》げてみた。家《いえ》の中《なか》を歩《ある》くぐらいならいいけど、遠出《とおで》はどうだろう。

遠出《とおで》って……。やだ。花火大会《はなびたいかい》、行《い》く気《き》でいるの、私《わたし》？

ひかりは覚《おぼ》えてないんだよ。

でも、ひょっとしたら、思《おも》い出《だ》してくれたかも？

まさか……。思《おも》い出《だ》したなら、手紙《てがみ》くれるよ。

麦茶《むぎちゃ》を飲《の》もうと冷蔵庫《れいぞうこ》を開《あ》けると、静香《しずか》のくれた干物《ひもの》とわかめがはいっていた。

今度《こんど》は、チョコだっけ。帰《かえ》ってきたら、ハワイの話《はなし》、もういいよってぐらいに聞《き》かせてもらおう。

いつか、ひかりのことでウソついたって静香《しずか》にばれるよね。

でも、おといはああ言《い》うしかなかった。それで、よかったんだ。

だって、静香《しずか》、ほっとした顔《かお》してたもん。

静香《しずか》のそのときの顔《かお》を思《おも》い出《だ》す。

すると、そのとき、静香《しずか》が口《くち》にしたことも思《おも》い出《だ》された。

このまんまじゃ、ひかりがかわいそうすぎる。

麦茶《むぎちゃ》のびんを出《だ》さずにそっと、冷蔵庫《れいぞうこ》を閉《し》め、自分《じぶん》の部屋《へや》にもどった。

ひかりが……かわいそうすぎる……。
静香《しずか》、たしかそう言《い》っていたよね。
引《ひ》き出《だ》しから、ひかりからのさいごの手紙《てがみ》を取《と》りだした。
なんで、こなかったんだ！
なんども読《よ》み直《なお》す。
その字《じ》には、文《ぶん》にはひかりの気持《きも》ちがあふれていた。
なんで、ずっと気《き》がつかなかったんだろう。
ひかりはきっと、ずっと公園《こうえん》で待《ま》っていてくれたんだ。
だから、おこっているんだ。
カレンダーを見《み》た。小《ちい》さなハートマーク、今日《きょう》の日付《ひづけ》が目《め》にはいる。
私《わたし》はずっと、今日《きょう》の約束《やくそく》のことだけを考《かんが》えていた。
このさいごの手紙《てがみ》をもらって、きらわれたから、約束《やくそく》はもうだめだって。
一番大切《いちばんたいせつ》なのは、約束《やくそく》じゃない。ひかりだ。
そのひかりの気持《きも》ちを考《かんが》えていなかった。

あやまりたい。

待《ま》ちぼうけにさせてごめんねってそれだけ、顔《かお》を見《み》て言《い》いたい。

言《い》わないといけない。

タンスを開《あ》け、パジャマから服《ふく》に着《き》がえた。

かごバッグに必要《ひつよう》なものをつめる。

最《も》より駅《えき》は住所《じゅうしょ》からわかる。

あとは、この住所《じゅうしょ》を交番《こうばん》で見《み》せればなんとかなる。

自分《じぶん》の部屋《へや》を出《で》て階段《かいだん》をおりた。

「どこに行《い》くの？」

ちょうど、仕事《しごと》から帰《かえ》ってきたお母《かあ》さんが玄関《げんかん》に立《た》っていた。

「え……。し、静香《しずか》と夏休《なつやす》みの宿題《しゅくだい》……！」

自分《じぶん》の口《くち》をおさえた。ばか。

「静香《しずか》ちゃん、今《いま》、ハワイよね」

奇妙《きみょう》な間《ま》ができた。せみの音《おと》だけが聞《き》こえる。

お母《かあ》さんは私《わたし》のいかにもお出《で》かけというようすピンクのワンピースに視線《しせん》をおいた。

「ねえ。あんまり、やかましいこと言《い》いたくないから、聞《き》かなかったんだけど、カレンダーのしるし、なにか、約束《やくそく》でもあるの？」

のどのあたりがぎゅっとつまった。するどい。

「う、ううん。ただ、夏《なつ》にいいことないかなって、書《か》いてみただけ」

とってつけたようなことを言《い》ってみた。

「外《そと》、暑《あつ》いのよ。途中《とちゅう》でたおれたりするといけないから、どうしても行《い》きたいところがあれば、お母《かあ》さん、車《くるま》で送《おく》るけど」

どうしよう。なんて答《こた》えればいいんだろう。

別《べつ》に悪《わる》いことしているわけじゃない。ちゃんと、説明《せつめい》すれば、お母《かあ》さん、わかってくれるかもしれない。

とは思《おも》うものの、なにも答《こた》えられず下《した》をむいてしまった。

ぽん。

お母《かあ》さんは、ニッコリ笑《わら》って、肩《かた》をたたいてくれた。

「そうだよね。未来《みらい》だって静香《しずか》ちゃんみたいに、楽《たの》しい夏休《なつやす》みにしたいよね。もう少《すこ》し、体調《たいちょう》が安定《あんてい》したら、どこかに行《い》こう。お母《かあ》さんも、ちょっと働《はたら》きすぎだから、未来《みらい》と気晴《きば》らししたいなあ。水族館《すいぞくかん》とかどう？」

「う、うん」

「じゃ、決《き》まり。そのためにも、まだ、家《いえ》でのんびりしていたほうがいい」

お母《かあ》さんは、リビングにむかい、私《わたし》は、階段《かいだん》をのぼるしかなくなってしまった。

手《て》の平《ひら》を小《ちい》さくにぎり、力《ちから》をいれる。

自分《じぶん》で自分《じぶん》が歯《は》がゆい。

すると、リビングのほうでお母《かあ》さんの携帯《けいたい》の着信音《ちゃくしんおん》が鳴《な》った。

「え？　今《いま》からですか？」

お母《かあ》さんの声《こえ》も聞《き》こえてくる。

数秒後《すうびょうご》にお母《かあ》さんは、玄関《げんかん》にもどり、階段《かいだん》にいる私《わたし》に言《い》った。

「未来《みらい》。ごめん！　お母《かあ》さん、仕事《しごと》にもどる！　お母《かあ》さんのあとに来《く》る人《ひと》が熱中症《ねっちゅうしょう》でたおれちゃったんですって」

胸《むね》がざわつく。これって……！

「お店《みせ》閉《し》めてから帰《かえ》るから11時《じ》ぐらいになるかもしれない。戸締《とじ》まりしてね。凍《こお》らせてあるチキンカレー、温《あたた》めて食《た》べて。サラダは自分《じぶん》で作《つく》れるよね」

「もちろん」

頭《あたま》の中《なか》にはカレーもサラダもなかった。ひかりの家《いえ》の最《も》より駅《えき》の名前《なまえ》しかない。

お母《かあ》さんは靴《くつ》をはき、肩《かた》にバッグをかけると、玄関《げんかん》のドアノブをにぎった。

私《わたし》の心《こころ》はもうここにはない。行《い》ったことのないひかりの町《まち》にある。

お母《かあ》さんの顔《かお》だけがこっちをむいた。

「外出《そとで》ないでね。もし、出《で》るとしても、近所《きんじょ》よ」

浮《う》き立《た》った心《こころ》がすっと静《しず》まっていってしまった。

お母《かあ》さんは、お母《かあ》さんなのに、大人《おとな》なのに、どこか、私《わたし》にすがるような目《め》をしていた。

「もし、たおれられたら……」

そうだ。もし、私《わたし》がどこかでたおれたりしたら、具合《ぐあい》が悪《わる》くなったら、一番大変《いちばんたいへん》なのは、私《わたし》よりお母《かあ》さんだ。

職場《しょくば》の人《ひと》にまた、ぺこぺこ頭《あたま》をさげなきゃいけない。

「うん」

しっかりとうなずくとお母《かあ》さんは安心《あんしん》して出《で》ていった。

これでいいんだ。

無理《むり》やり自分《じぶん》に言《い》い聞《き》かせると、せみの音《おと》が聞《き》こえた。

でも、本当《ほんとう》に、これでいい……？

17章《しょう》

君《きみ》に、会《あ》いたい

一生《いっしょう》に一度《いちど》ぐらい冒険《ぼうけん》をしてみたい。

一生《いっしょう》に一度《いちど》ぐらい思《おも》いのままに生《い》きてみたい。

私《わたし》のしていることは、悪《わる》いことなのかもしれない。

でも、ひかりとの公園《こうえん》での約束《やくそく》をすっぽかしたままにしておくことだって悪《わる》いことだ。

ひかりの家《いえ》まで行《い》って、あやまって、何事《なにごと》もなく帰《かえ》ってこられればなんの問題《もんだい》もない。

お母《かあ》さんからすれば、それだけでも心配《しんぱい》なのかもしれないけど、でも、この気《き》持《も》ちはもう止《と》められない。

家《いえ》を出《で》た。

走《はし》って駅《えき》にむかう。

太陽《たいよう》が照《て》りつける。もう、３時《じ》すぎているのに、まだまだ暑《あつ》い。

急《いそ》ぐ必要《ひつよう》はないのに、足《あし》が勝手《かって》にはやく動《うご》いてしまう。

一秒《びょう》でも早《はや》く、ひかりに会《あ》いたい。

暑《あつ》さのせいか、ちょっと急《いそ》いだだけで息切《いきぎ》れがした。

運動不足《うんどうぶそく》？

そういえば、この一ヶ月《いっかげつ》、走《はし》った記憶《きおく》がない。

たったこれしか走《はし》ってないのに、情《なさ》けない。

パスモで改札《かいさつ》を抜《ぬ》け、電車《でんしゃ》に乗《の》った。ふう、涼《すず》しい。

30分《ぷん》ぐらい乗《の》れば、ひかりの家《いえ》の最《も》より駅《えき》に着《つ》く。

たぶんだけど、駅《えき》からはそんなに遠《とお》くはないんじゃないかな？

電車《でんしゃ》は思《おも》ったより混《こ》んでいて、座《すわ》れなかった。つり革《かわ》につかまろうとしたんだけど……。

くらっとした。

そのままふらふらとよろめき、ドアによりかかった。

目《め》を閉《と》じて、深呼吸《しんこきゅう》する。再《ふたた》び目《め》を開《あ》ける。大丈夫《だいじょうぶ》、大丈夫《だいじょうぶ》。

きっと、ひさびさに走《はし》ったからだ。

駅《えき》に着《つ》いたら、落《お》ちついて歩《ある》こう。

クーラーのきいた電車《でんしゃ》からおりると、急《きゅう》に熱《あつ》い空気《くうき》におそわれた。

ホームの階段《かいだん》をおりると、表示板《ひょうじばん》に「1〜3丁目《ちょうめ》　東口《ひがしぐち》」「4〜6丁目《ちょうめ》　西口《にしぐち》」と、あった。

住所《じゅうしょ》が3丁目《ちょうめ》だから、東口《ひがしぐち》に出《で》ると、ちょうどよく駅前《えきまえ》に地図《ちず》が掲示《けいじ》されていた。

住所《じゅうしょ》を書《か》いてきたメモと照《て》らし合《あ》わせる。

今《いま》がここだから……ええと……。

「どこに行《い》きたいの？」

お母《かあ》さんより年上《としうえ》かな？　女《おんな》の人《ひと》が話《はな》しかけてきた。

「あ！　この3丁目《ちょうめ》のバードマンションってどう行《い》けば」

「そこなら、この信号《しんごう》わたったら、大通《おおどお》り、ずっと右《みぎ》に行《い》くの。サンキューってコンビニを曲《ま》がれば、もう見《み》えるから」

「ありがとうございます」

ラッキー！

思《おも》ったより、あっというまに着《つ》きそう。

言《い》われたとおり、信号《しんごう》をわたり、右《みぎ》にまっすぐ歩《ある》く。

ここがひかりの住《す》んでいるところ。パン屋《や》さんがあった。ふふ、ここでひかり、パン買《か》ったりするのかな。

本屋《ほんや》さんもある。ここで、立《た》ち読《よ》みしたりしそう！

コンビニ・サンキューもあった。ひかり、絶対《ぜったい》、このコンビニよく使《つか》ってるよ！

やだ、あやまりに来《き》たのに、お母《かあ》さんの言《い》いつけやぶったのに、気持《きも》ちがふわふわしている。

あの雲《くも》みたいに。

ここを曲《ま》がればすぐだよね。

ちょっと待《ま》って。家《いえ》にたどり着《つ》くことに夢中《むちゅう》で気《き》がつかなかったけど、チャイム鳴《な》らしたら、だれが出《で》てくるの？　ひかりのお母《かあ》さん？　妹《いもうと》の瑠璃子《るりこ》ちゃん？

もし、ひかりがいなかったら、あなただれ？　ってことになる。

どきどきしながら角《かど》を曲《ま》がると、そんな心《こころ》おどる心配《しんぱい》ごとは、またたくまに消《き》えてしまった。

だって……！　ない！　マンションなんて、どこにもない！

ふつうの家《いえ》と小《ちい》さなビルばかり。

え、大木《おおき》さんとかない？　とりあえず、どんどん進《すす》んでみたけど、そんな名字《みょうじ》はどこにもない……。

そんなに遠《とお》くはない。

電信柱《でんしんばしら》に36番地《ばんち》って書《か》いてある。メモを見《み》ると、ひかりの家《いえ》は39番地《ばんち》だ。

ぐるぐるまわってみよう。

だけど、33番地《ばんち》になったり、40番地《ばんち》になったりで、肝心《かんじん》の39が出《で》てこない。

ないよ、どこにも、ひかりの家《いえ》、ないよ。

暑《あつ》い。お母《かあ》さんの言《い》うとおり、今日《きょう》、暑《あつ》いよ。

強《つよ》い日差《ひざ》しはいつのまにか、西日《にしび》になり、赤《あか》みがかってきて、色《いろ》のせいか、さらに暑《あつ》く感《かん》じてきた。

かごバッグから汗《あせ》ふきシートを取《と》りだして、顔《かお》や首《くび》をぬぐうけど、ぬぐってもぬぐっても汗《あせ》が止《と》まらない。

持《も》ってる中《なか》で一番《いちばん》かわいい服着《ふくき》てきたのに、背中《せなか》もぐっしょりして、これじゃ意味《いみ》がないよ。

次《つぎ》の瞬間《しゅんかん》、目《め》の前《まえ》が真《ま》っ暗《くら》になった。座《すわ》りこむ。

なにこれ。苦《くる》しい。立《た》てない。水分《すいぶん》、とったほうがいいんじゃないかな。

さっきのコンビニに、もどろう。中《なか》も涼《すず》しいし。

立《た》とうとしたけど、立《た》てなかった。まるで、エネルギーの切《き》れたロボットみたい。

知《し》らない町《まち》でぐるぐる迷《まよ》って、立《た》てなくなるって、ばかみたいで、笑《わら》っちゃうしかないんだけど。

ひかりにあやまりたかっただけなのにな。

なんで、こうなっちゃったのかな。

でも、ここ、ひかりの住《す》んでる町《まち》なんだよね。

この道《みち》も、ひかり、一度《いちど》ぐらい通《とお》ったことあるのかな。

砂漠《さばく》でたおれるならまだしも、こんなところで……。悔《くや》しいな。ひかりにあやまることも、自分《じぶん》で自分《じぶん》を守《まも》ることもできない。

あの夏《なつ》、一年前《ねんまえ》。

お守《まも》りを作《つく》りながら、神様《かみさま》に三《みっ》つのお祈《いの》りをした。

ひかりを守《まも》ってください。ひかりと私《わたし》の約束《やくそく》を見守《みまも》ってください。

私《わたし》のことも守《まも》ってください。

神様《かみさま》、いじわる……。

「どうしたの？」

うずくまっていると、だれかが声《こえ》をかけてきた。ひかりのこと考《かんが》えていたから、ひかりの声《こえ》に聞《き》こえるよ。もう、だめかも。

「ねえ」

もう一度《いちど》、声《こえ》をかけられ、顔《かお》を上《あ》げた。

声《こえ》をかけてくれた人《ひと》と目《め》が合《あ》う。

「あ……」

「え……」

はじめは、まさかと思《おも》った。

「未来《みらい》！」

その声《こえ》と顔《かお》でまさかじゃないとわかった。

そこにいたのは、まぎれもなく、ひかりだった。

18章《しょう》 そして、約束《やくそく》の日《ひ》

ウソ、夢《ゆめ》じゃないよね！

私《わたし》、目《め》まで、悪《わる》くなったとか！

「ひかり……？　そっくりさんとかじゃないよね！」

「ばか、おれだよ、大木《おおき》ひかりだよ。おまえ、顔色悪《かおいろわる》いぞ」

ひかりは、近《ちか》くのビルの玄関《げんかん》にある、レンガづくりの花壇《かだん》に私《わたし》を座《すわ》らせた。

ビルの陰《かげ》で、日光《にっこう》もさえぎられる。

そして、リュックからペットボトルを出《だ》して、私《わたし》に飲《の》ませてくれた。

おいしい。体中《からだじゅう》に水分《すいぶん》とエネルギーがチャージされていくみたい。

あまりにもおいしく、気《き》がつくと……。

「ごめん、ぜんぶ、飲《の》んじゃった」

空《から》になったペットボトルを見《み》せると、ひかりがくすりと笑《わら》った。

「似《に》たようなこと、あったよな。飲《の》んだのはおれだったけど」

あ。一年前《ねんまえ》、病室《びょうしつ》で、ひかり、私《わたし》に持《も》ってきてくれたジュース、結局《けっきょく》、自分《じぶん》が飲《の》んじゃったよね！

私《わたし》はあのときのひかりを思《おも》い出《だ》し、ふふと笑《わら》った。

笑《わら》うと、なんだか元気《げんき》になった。ううん、元気《げんき》になったから笑《わら》えたのかな。

そのとき、風《かぜ》が吹《ふ》き、汗《あせ》でしめった髪《かみ》がなびいた。

「ねえ、ひかり、どうして、一年前《ねんまえ》の、病室《びょうしつ》のこと……」

「思《おも》い出《だ》したんだよ！」

「思《おも》い出《だ》したって……」

「お守《まも》りあったんだ！　それで、手紙読《てがみよ》んで！」

あった？　お守《まも》りが？

ひかりが興奮《こうふん》してリュックから取《と》りだし見《み》せてくれた。

まちがいない、私《わたし》の作《つく》ったお守《まも》りだ！

「これのおかげでぜんぶ、思《おも》い出《だ》した」

ひかりと目《め》が合《あ》う。

「今日《きょう》が花火大会《はなびたいかい》、約束《やくそく》の日《ひ》だ」

その言葉《ことば》を聞《き》いた瞬間《しゅんかん》、私《わたし》はとなりに座《すわ》っていたひかりにたおれこんだ。いや、抱《だ》きついたのかもしれない。

どっちでもいい。ただ、ひかりに私《わたし》を受《う》け止《と》めてほしかった。

「しっかりしろ」

「私《わたし》、ひかりの家《いえ》に行《い》こうと思《おも》って」

「おれも、おまえの家《いえ》に行《い》こうと思《おも》った」

顔《かお》を上《あ》げて、ひかりの顔《かお》をしっかりと見《み》た。

「ひかり、行《い》こう、花火大会《はなびたいかい》！」

「いや、おれもそのつもり１００パーセントぐらいのテンションでいたんだけど、未来《みらい》、大丈夫《だいじょうぶ》かよ？」

「お医者《いしゃ》さんに言《い》われたの。楽《たの》しいことがないと、よくならないって。ひかりと花火《はなび》見《み》たら、よくなるよ！」

「でもさ……」

ひかりは悩《なや》んでいた。

「いっしょに行《い》ってくれなかったら、一生《いっしょう》うらんでやる！」

「ええ？」

ひかりに視線《しせん》をぶつけた。ぶつけながら、心《こころ》の中《なか》でなんども念《ねん》じた。ひかりお願《ねが》い、連《つ》れてって！

「よし」

ひかりがうなずいてくれた。

駅《えき》にもどる道《みち》すがら、ひかりが教《おし》えてくれた。

サンキューってコンビニ、もう少《すこ》し先《さき》にも、もう一《ひと》つあって、その近《ちか》くがひかりの家《いえ》なんだって。

なんだ、そういうことか。

さっき自分《じぶん》が乗《の》ってきた電車《でんしゃ》にまた乗《の》った。

でも、私《わたし》にとってはさっきとはちがう電車《でんしゃ》。初《はじ》めて乗《の》る電車《でんしゃ》。

だって、ひかりがいるんだもん。

混《こ》んでいるなか、席《せき》が一人分《ひとりぶん》、空《あ》いたので、ひかりが座《すわ》らせてくれた。ひかりはその前《まえ》に立《た》つ。

「15分《ふん》ぐらいで乗《の》りかえるぞ」

私《わたし》はひかりを見上《みあ》げてうなずく。聞《き》きたいことも話《はな》したいことも山《やま》ほどあるけど、混《こ》んでるから、ちょっとおあずけ。

その電車《でんしゃ》をおりると、今度《こんど》はオレンジの電車《でんしゃ》に乗《の》りかえた。

ボックス席《せき》のある電車《でんしゃ》だったので、ひかりとむかいあって座《すわ》る。

さっきの電車《でんしゃ》は混《こ》んでいて、ぜんぜん、ひかりと話《はな》せなかったけど、ここなら、ゆっくりできる。

「あとは、50分《ぷん》、乗《の》ってりゃいいだけだから。時間《じかん》もちょうどいいはずだ」

「うん」

ひかりの顔《かお》に西日《にしび》が当《あ》たる。

「ひかり、ごめんね。約束《やくそく》、すっぽかして」

「おれこそ、感情的《かんじょうてき》な手紙《てがみ》出《だ》してごめん。理由《りゆう》も聞《き》かずに」

ひかりはてれくさそうだった。

「実《じつ》は、熱《ねつ》が出《で》ちゃって」

ひかりはばつが悪《わる》そうに頭《あたま》をかいた。

「そんな気《き》がしたんだ。これ、発見《はっけん》したときに」

ひかりが再《ふたた》びお守《まも》りを取《と》りだした。

「どこにあったの？」

「ばあちゃんの家《いえ》」

自分《じぶん》で自分《じぶん》の口《くち》がまるく開《あ》くのがわかった。

「おととい、一年《ねん》ぶりに、ばあちゃんの家《いえ》に行《い》ったんだ。そしたら、ばあちゃんが『最近《さいきん》はすっかり元気《げんき》でね。おまえと瑠璃子《るりこ》の作《つく》ってくれたこれのおかげかもね。仏壇《ぶつだん》の整理《せいり》したら出《で》てきたんだよ』って、いきなり出《だ》してきたんだ。おれ、おまえと出会《であ》ったときって、ばあちゃんの家《いえ》に泊《と》まってたじゃん。これは大切《たいせつ》にしなきゃいけないって、仏壇《ぶつだん》にかざっておいたんだ。それで、次《つぎ》の日《ひ》、事故《じこ》にあって。ばあちゃんは、てっきり、おれと妹《いもうと》がばあちゃんのために作《つく》ったものだと仏壇《ぶつだん》の奥《おく》においちゃったんだよ。しかも、ばあちゃん、そのまんま、忘《わす》れちゃったんだ」

「そうだったんだ」

「中《なか》、開《あ》けた」

「え……」

「手紙読《てがみよ》んで、ぜんぶ、思《おも》い出《だ》した」

ひかりと目《め》が合《あ》う。

急《きゅう》にはずかしくなってきた。なにを言《い》っていいのかわからない。

「おまえの退院《たいいん》の日《ひ》。おれ、午前中《ごぜんちゅう》に宅急便《たっきゅうびん》が来《く》るから、それ受《う》け取《と》れって無理《むり》やり留守番頼《るすばんたの》まれたんだよ。それで、受《う》け取《と》ってから、猛《もう》ダッシュで、病院《びょういん》にむかった。その途中《とちゅう》、事故《じこ》にあったんだ」

そうだったんだ。でも、それって……。

「ごめんね」

「え？」

「だって、私《わたし》の退院《たいいん》が別《べつ》の日《ひ》だったら、なにも起《お》きなかった……」

さっきまではずかしかったのに、今度《こんど》はごめんなさい、っていう気持《きも》ちでいっぱいになった。

だって、ひかり、死《し》んでたかもしれないじゃん！

「い、いや、それは、もう、どうでもいいっていうか。むしろ、死《し》ななくてすんだの、このお守《まも》りのおかげなんじゃないかって。いや、きっと、そうだ！　だって、これで、おれはぜんぶ、思《おも》い出《だ》せたし。さっき、ふらふらしていた未来《みらい》にも会《あ》えたし。おまえが作《つく》ってくれた、このお守《まも》り、おれも未来《みらい》も、そして花火《はなび》を見《み》る約束《やくそく》も、ぜんぶ、守《まも》ってくれた」

ひかりの言《い》うとおりだ。私《わたし》たちを守《まも》ってくれた……。

「そうだ」

今度《こんど》は、こっちの番《ばん》とでも言《い》うかのように、かごバッグから、ボロボロになったおみくじを取《と》りだし、ひかりに見《み》せた。

ひかりは手《て》に取《と》りじっと見《み》ていた。そして、笑《わら》いだした。

「え！　これは、まだ、思《おも》い出《だ》してないの？」

「覚《おぼ》えてるよ。覚《おぼ》えてるけど、未来《みらい》が持《も》っていてくれたってのが、うれしいけどてれくさいっていうか」

「私《わたし》だって、このお守《まも》り見《み》るとはずかしくなるよ。今《いま》なら、ずっとうまく作《つく》れるもん」

「そうか。一年前《ねんまえ》のことがてれくさいっていうのは、成長《せいちょう》したんだな、おれたち」

そう言《い》ったひかりの顔《かお》はまぶしくて、まぶしすぎて見《み》られなくて、うつむいてしまう。

車内《しゃない》アナウンスが次《つぎ》の駅名《えきめい》をつげる。

もう、次《つぎ》か。50分間《ぶんかん》あっというま。

「次《つぎ》の駅《えき》でおりるぞ。しかし、50分間《ぶんかん》、二人《ふたり》だとあっというまだな」

「私《わたし》も、今《いま》、同《おな》じこと思《おも》った！」

「ほんとかよ？　あ、未来《みらい》、パスモ残《のこ》ってる？」

「病弱少女《びょうじゃくしょうじょ》はパスモも、たまったまま使《つか》わないし、おこづかいもたまっていくの」

「いいなあ、おれも病気《びょうき》になろうかな」

「ひかり、病気《びょうき》、似合《にあ》わないよ」

「似合《にあ》わないっていうより、無理《むり》だな。おれさ、めったに風邪《かぜ》とかひかないんだよ。38度《ど》以上《いじょう》の熱《ねつ》なんて、一度《いちど》もないよ」

「ええ、うらやましい」

「ばか、逆《ぎゃく》に、弱《よわ》くなるぞ。熱《ねつ》になれてないから、たま〜に、37度《ど》ぐらい出《で》ただけで、ああ、もう、おれだめだ、死《し》ぬわとかさわいで、妹《いもうと》にばかにされてるんだ」

「ひかり、おかしい」

「だから、おまえ、えらいよ」

「え……」

ひかりが私《わたし》を見《み》る。そのやさしい瞳《ひとみ》にすいこまれそう。

「おれ、おまえと、初《はじ》めて会《あ》ったときのことも思《おも》い出《だ》した。おまえ、おれのことにらんだじゃん。はじめは、なんだ、こいつって思《おも》ったけど、おまえの目《め》を見《み》てたら、こいつはおれが知《し》らないなにかと戦《たたか》ってるんじゃないかって。そんな気《き》がしたんだ。それで、やたら、気《き》になって。話《はなし》、聞《き》いたら、やっぱり、そうで。おまえ、えらいよ。自信《じしん》持《も》てよ」

両手《りょうて》でぱっと顔《かお》をおおった。

もう、だめだ。ひかり、卑怯《ひきょう》だよ。

そんなこと言《い》われたら、私《わたし》、すごくみっともない顔《かお》になるしかないよ。

「な、なんで泣《な》くんだよ！」

ひかりは、「なんで」と「どうして」ばっかりくりかえして、おろおろしていた。

「ひかりが悪《わる》いんだ」

嗚咽《おえつ》のなか、それだけ声《こえ》にすると、「おれのどこが悪《わる》いんだよ？」とますますあせっていた。

私《わたし》、神様《かみさま》に感謝《かんしゃ》する。

ひかりに会《あ》わせてくれたことを。

そして、お守《まも》りにも、ありがとうって心《こころ》の中《なか》で言《い》った。

19章《しょう》 私《わたし》たちのはじまり

駅《えき》を出《で》ると、人混《ひとご》みがすごかった。

40周年花火《しゅうねんはなび》というポスターを見《み》て、混《こ》むはずだと納得《なっとく》した。

でも、混《こ》んでいてよかったことがある。

ひかりが手《て》をにぎってくれた。

人《ひと》の流《なが》れは坂《さか》をのぼっていく。坂《さか》の上《うえ》にはひかりと初《はじ》めて会《あ》った病院《びょういん》が見《み》えた。

「こっち」

ひかりが私《わたし》の手《て》を取《と》って、わき道《みち》にはいった。

「ふう、人《ひと》がいないと少《すこ》し涼《すず》しいね」

「体《からだ》、どうだ？」

「大丈夫《だいじょうぶ》」

ひざがちょっと痛《いた》むけど、なんだか、本当《ほんとう》に大丈夫《だいじょうぶ》だった。

急《きゅう》にエネルギーが宿《やど》った気《き》がする。薬《くすり》よりひかりのほうがずっと効《き》くよ。

わき道《みち》は外灯《がいとう》が少《すく》なく、暗《くら》かった。

でも、ぜんぜん、こわくない。だって、ひかりが手《て》をにぎってくれている。

だんだんと明《あか》るくなりお祭《まつ》りのやっている神社《じんじゃ》のそばまで来《き》た。屋台《やたい》がいっぱい出《で》てにぎやかだった。

「この神社《じんじゃ》でおみくじ買《か》ったんだ。でも、ここもすげえ人《ひと》だから、通《とお》らないぞ。いいか」

「うん」

うん。なんて、日常生活《にちじょうせいかつ》でしょっちゅう言《い》ってるのに、ひかりに手《て》をにぎられながら言《い》うと、すごく特別《とくべつ》な言葉《ことば》に思《おも》える。

神社《じんじゃ》をぐるりとまわる形《かたち》で歩《ある》くと、こんもりした高台《たかだい》に着《つ》いた。

「ここだね」

「おう！　すべるから気《き》をつけろよ」

「きゃっ」

「だから、言《い》ったろ」

高台《たかだい》は道《みち》らしい道《みち》がなかった。地面《じめん》は土《つち》と草《くさ》で、ちょっとした登山《とざん》みたい。

ひかりに支《ささ》えられながら、登《のぼ》っていく。

そのとき。

ひゅー。

花火《はなび》の上《あ》がる音《おと》が聞《き》こえた！　と思《おも》ったら、
どかん！

と、夜空《よぞら》に大《おお》きな花《はな》が咲《さ》いた。

「ひかり、近《ちか》いよ！　大《おお》きいよ！　花火《はなび》ってこんなに近《ちか》くて大《おお》きくていいの？」

「だから、言《い》ったろ」

高台《たかだい》の頂上《ちょうじょう》には木《き》があってひかりが、「おし！」と先《さき》に登《のぼ》り、手《て》を差《さ》しのべてくれる。

「ひかり、夢見《ゆめみ》たの」

「へ？」

「ひかりがひっぱってくれるんだけど、落《お》ちちゃうの」

「落《お》ちねえよ」

その声《こえ》はあまりにも力強《ちからづよ》く、私《わたし》はえいと、小《ちい》さな幹《みき》に片足《かたあし》をかけたところで手《て》を出《だ》した。ぐい。

ひかりのうでにひっぱられながら、なんとか、ひかりのとなりに座《すわ》ることができた。

その瞬間《しゅんかん》、どか~ん。

私《わたし》たちをつつみこむような大《おお》きな花《はな》が目《め》の前《まえ》で咲《さ》き、散《ち》っていた。

美《うつく》しすぎて言葉《ことば》が出《で》ない。

散《ち》った花《はな》びらはまるでこちらに落《お》ちてくるかのようで。

病室《びょうしつ》で見《み》たときはもっともっと遠《とお》かったのに。

今《いま》は、こんなに近《ちか》くて。ひかりも、すぐ、近《ちか》くにいて。

「きれいだな」

「きれいだね」

私《わたし》たちは、それしか言葉《ことば》をかわさなかった。もう、それで、十分《じゅうぶん》だと思《おも》った。

私《わたし》は、今《いま》でも覚《おぼ》えている。

お守《まも》りにいれた手紙《てがみ》。

ひかりへ

ひかりと花火《はなび》を見《み》たとき、病気《びょうき》になってよかったと思《おも》った。
だって、病気《びょうき》にならなかったら、ひかりとも会《あ》えなかったし、
この病室《びょうしつ》から花火《はなび》を見《み》ることもなかったから。
私《わたし》は退院《たいいん》します。
けど、ひかりとお別《わか》れってことじゃない。
だって、6年生《ねんせい》の夏《なつ》に、いっしょに花火《はなび》を見《み》るんだから。
いっしょに花火《はなび》を見《み》た夜《よる》、君《きみ》が私《わたし》に未来《みらい》をくれたんだよ。

となりにいるひかりを横目《よこめ》でそっと見《み》た。
花火《はなび》が輝《かがや》くたびに、ひかりもまた輝《かがや》いていた。

私《わたし》たちは約束《やくそく》をはたした。
でも、このときの私《わたし》はまだ気《き》づいていなかった。
約束《やくそく》をはたしたことが、ここからが、私《わたし》とひかりの物語《ものがたり》のはじまりだということに。
ひかり、大好《だいす》き。

おしまい

あとがき

た〜くさんある本《ほん》の中《なか》で、『たったひとつの君《きみ》との約束《やくそく》』を手《て》に取《と》ってくれてありがとう。

はじめまして、みずのまいです。

このお話《はなし》は、『いいことも悪《わる》いこともセットでやってくる』、そんなことを考《かんが》えながら書《か》きました。

この本《ほん》の未来《みらい》ちゃんみたいに、悪《わる》いことのあとにひかりと出会《であ》えた、ううん、悪《わる》いことがあったからこそひかりと出会《であ》えた、みたいに、悪《わる》いことといいことってセットでやってくることが、案外多《あんがいおお》いんです。

ただ、先《さき》に悪《わる》いことが来《き》て、いいことが来《く》るまでに時間《じかん》がかかっちゃうと、これがね、けっこう、きつかったり、つらかったりするんだよね。

そういうときはね、ちょっとした自分《じぶん》を癒《いや》す方法《ほうほう》があります。

それはね……ふてくされること。

ええ？　ふてくされるって、しちゃいけないんじゃないの？　と思《おも》うかもしれない。

いいんだよ。いやなことがあったら、ふてくされて。ただし、期間限定《きかんげんてい》ね。

ちょっといやなことがあったら、一日《にち》だけ。

けっこう、きついって思《おも》ったら、一週間《いっしゅうかん》。

あまりにもつらくて耐《た》えられなかったら、一年間《ねんかん》ぐらい長《なが》くてもいいかもね。

おもしろいもので、ふてくされると、次第《しだい》にふてくされていることにあきてきます。

そうしたら、しめたもの。あなたはもう元気《げんき》。

あとは楽《たの》しいこと、いいことを待《ま》つだけ。おたがい、楽《たの》しい毎日《まいにち》をすごそうね。

お手紙《てがみ》待《ま》ってるよ。じゃあ、また！

あ、ダメ小学生《しょうがくせい》、いるかちゃんの物語《ものがたり》『お願《ねが》い！　フェアリー♡』シリーズ（ポプラ社《しゃ》）もよろしく。17巻《かん》はクリスマスのお話《はなし》です。

みずのまい

※みずのまい先生《せんせい》へのお手紙《てがみ》は、こちらに送《おく》ってください。
〒101-8050　東京都千代田区一ツ橋《とうきょうとちよだくひとつばし》2-5-10
株式会社《かぶしきがいしゃ》　集英社《しゅうえいしゃ》みらい文庫編集部《ぶんこへんしゅうぶ》　みずのまい先生係《せんせいがかり》

たったひとつの君《きみ》との約束《やくそく》
~また、会《あ》えるよね?~
未来《みらい》
静香《しずか》
イラスト担当《たんとう》の
U35《うみこ》と申《もう》します!
みらいちゃんしずかちゃんは、
ナイスコンビだなと
思《おも》います!…

集英社みらい文庫

たったひとつの君《きみ》との約束《やくそく》

～また、会《あ》えるよね？～

みずのまい 作

U35（うみこ） 絵

ファンレターのあて先
〒101-8050 東京都千代田区一ツ橋2-5-10 集英社みらい文庫編集部
いただいたお便りは編集部から先生におわたしいたします。

2016年10月31日 第1刷発行
2018年 2月21日 第8刷発行

発行者	北畠輝幸
発行所	株式会社 集英社 〒101-8050 東京都千代田区一ツ橋2-5-10 電話 編集部 03-3230-6246 読者係 03-3230-6080 販売部 03-3230-6393（書店専用） http://miraibunko.jp
装丁	中島由佳理
印刷	図書印刷株式会社 凸版印刷株式会社
製本	図書印刷株式会社

★この作品はフィクションです。実在の人物・団体・事件などにはいっさい関係ありません。
ISBN978-4-08-321342-7 C8293 N.D.C.913 186P 18cm

次巻予告《じかんよこく》

たったひとつの君《きみ》との約束《やくそく》

～はなれていても～

1年《ねん》ぶりに再会《さいかい》できたのに……

またすれちがってしまう――!?

みずのまい・作《さく》　U35（うみこ）・絵《え》

「今度《こんど》は私《わたし》が“未来《みらい》”をあげる」と約束《やくそく》をした、みらい。その矢先《やさき》、ひかりがサッカーの試合《しあい》でケガをし、入院《にゅういん》することに。お見舞《みま》いに行《い》くとそこには知《し》らない女《おんな》の子《こ》がいて…!?

6年生《ねんせい》の夏休《なつやす》み。
一年《ねん》ごしの約束《やくそく》をはたした、あの花火大会《はなびたいかい》の夜《よる》。
帰《かえ》りの電車《でんしゃ》で口《くち》にしていた。
「私《わたし》、ひかりに未来《みらい》をあげたい」
それを聞《き》いたひかりは、とまどいながら笑《わら》っていた。
おおげさだったかもしれない。
でも、私《わたし》の正直《しょうじき》な気持《きも》ち。
だって、病気《びょうき》で苦《くる》しかった私《わたし》に、
ひかりが未来《みらい》をくれたんだから。
今度《こんど》はおかえししたい。

……けど、私《わたし》は1人《ひとり》でかんちがいしていたのかも。
ひかり、私《わたし》のこと、どう思《おも》っている？

大《だい》好《こう》評《ひょう》発《はつ》売《ばい》中《ちゅう》！

からのお知らせ

第《だい》6回《かい》みらい文庫《ぶんこ》大賞《たいしょう》優秀賞《ゆうしゅうしょう》受賞《じゅしょう》作品《さくひん》
渚《なぎさ》くんをお兄《にい》ちゃんとは呼《よ》ばない
~ひみつの片思《かたおも》い~
学校《がっこう》1のモテ男子《だんし》と
いきなりきょうだいに!?
夜野せせり・作
森乃なっぱ・絵

「みらい文庫《ぶんこ》」読者《どくしゃ》のみなさんへ

言葉《ことば》を学《まな》ぶ、感性《かんせい》を磨《みが》く、創造力《そうぞうりょく》を育《はぐく》む……、読書《どくしょ》は「人間力《にんげんりょく》」を高《たか》めるために欠《か》かせません。たった一枚《いちまい》のページをめくる向《む》こう側《がわ》に、未知《みち》の世界《せかい》、ドキドキのみらいが無限《むげん》に広《ひろ》がっている。これこそが「本《ほん》」だけが持《も》っているパワーです。

学校《がっこう》の朝《あさ》の読書《どくしょ》に、休《やす》み時間《じかん》に、放課後《ほうかご》に……。いつでも、どこでも、すぐに続《つづ》きを読《よ》みたくなるような、魅力《みりょく》に溢《あふ》れる本《ほん》をたくさん揃《そろ》えていきたい。読書《どくしょ》がくれる、心《こころ》がきらきらしたり胸《むね》がきゅんとする瞬間《しゅんかん》を体験《たいけん》してほしい、楽《たの》しんでほしい。みらいの日本《にほん》、そして世界《せかい》を担《にな》うみなさんが、やがて大人《おとな》になった時《とき》、「読書《どくしょ》の魅力《みりょく》を初《はじ》めて知《し》った本《ほん》」「自分《じぶん》のおこづかいで初《はじ》めて買《か》った一冊《いっさつ》」と思《おも》い出《だ》してくれるような作品《さくひん》を一所懸命《いっしょけんめい》、大切《たいせつ》に創《つく》っていきたい。

そんないっぱいの想《おも》いを込《こ》めながら、作家《さっか》の先生方《せんせいがた》と一緒《いっしょ》に、私《わたし》たちは素敵《すてき》な本作《ほんづく》りを続《つづ》けていきます。「みらい文庫《ぶんこ》」は、無限《むげん》の宇宙《うちゅう》に浮《う》かぶ星《ほし》のように、夢《ゆめ》をたたえ輝《かがや》きながら、次々《つぎつぎ》と新《あたら》しく生《う》まれ続《つづ》けます。

本《ほん》を持《も》つ、その手《て》の中《なか》に、ドキドキするみらい――。

本《ほん》の宇宙《うちゅう》から、自分《じぶん》だけの健《すこ》やかな空想力《くうそうりょく》を育《そだ》て、〝みらいの星《ほし》〟をたくさん見《み》つけてください。

そして、大切《たいせつ》なこと、大切《たいせつ》な人《ひと》をきちんと守《まも》る、強《つよ》くて、やさしい大人《おとな》になってくれることを心《こころ》から願《ねが》っています。

2011年《ねん》　春《はる》

集英社《しゅうえいしゃ》みらい文庫編集部《ぶんこへんしゅうぶ》